Das Buch

Ort der mit köstlichen Aperçus, erfrischenden Bosheiten und bissigen Kommentaren angereicherten Handlung ist ein Schloß, dessen langsamer, aber würdevoller Verfall dadurch gestoppt wird, daß es von einem Industriellen gekauft wird, der sich gern in der Rolle des mäzenatischen Schloßherrn sehen möchte. Dieser engagiert einen Architekten, der sich mangels eigener schöpferischer Ideen damit beschäftigt, alte Gebäude für die Prominenz herzurichten, und der seinerseits einen stellungslosen Doktor der Philosophie mit in den Handel einbringt, der als eine Art Faktotum ins Schloß übersiedelt. Diese drei nun gründen einen »Kulturkreis«, und das Schloß wird Schauplatz einschlägiger Veranstaltungen. Anläßlich eines Konzertes allerdings kommt es zum Zerwürfnis; ein neuer Architekt wird angestellt und das Schloß endgültig zu Tode saniert. »Der Salzburger Schriftsteller Gerhard Amanshauser beobachtet das Geschehen und die Entwicklungen der Welt, in der er lebt, von jeher mit den Augen des Moralisten; die Kritik am Beobachteten wird meist, so auch in seinem ersten Roman, ›Schloß mit späten Gästen‹, zur Satire. Zu einer Satire allerdings, die als Hauptelement jenes Lachen Jean Pauls enthält, ›worin noch ein Schmerz und eine Größe ist‹: den Humor.« (Neue Zürcher Zeitung)

Der Autor

Gerhard Amanshauser wurde 1928 in Salzburg geboren. Neben Veröffentlichungen in Zeitschriften und Anthologien erschienen bisher die folgenden Prosabände: ›Aus dem Leben der Quaden‹ (1968); ›Der Deserteur‹ (1970); ›Satz und Gegensatz‹ (1972); ›Ärgernisse eines Zauberers‹ (1973).

Gerhard Amanshauser:
Schloß mit späten Gästen
Satirischer Roman

Deutscher
Taschenbuch
Verlag

dtv

Von Gerhard Amanshauser
ist im Deutschen Taschenbuch Verlag erschienen:
Satz und Gegensatz (sr 5432)

Ungekürzte Ausgabe
Januar 1978
Deutscher Taschenbuch Verlag GmbH & Co. KG,
München

ISBN 3-7017-137-7
Umschlaggestaltung: Celestino Piatti
Gesamtherstellung: C. H. Beck'sche Buchdruckerei,
Nördlingen
Printed in Germany · ISBN 3-423-05448-4

EIN KULTURDENKMAL

Beinahe wäre ein Kulturdenkmal zerfallen. Der Regen hatte begonnen, das Dach zu zersetzen und die Mauern zu zermürben. Von den Fensterrahmen war zuerst der Lack, dann stellenweise der Kitt abgesprungen.
Das Wetter lockert die Scheiben so langsam, daß niemand von Absicht spricht.
Durch zerschlagene, schlecht verbarrikadierte Fenster ging Wind ein und aus, blies Feuchtigkeit und rauhe Witterungen ins Innere. Vom Verputz fielen gezackte Platten herab. Aus den Hohlkehlen unter dem vorspringenden Dach lösten sich Brocken und gaben das Gerippe des Dachstuhls frei.
So trieb das Gebäude ganz allmählich jenem unbestimmten Grenzbereich zu, jenseits dessen man von einer Ruine zu sprechen beginnt.
Erblickte man das Schloß an klaren Herbsttagen, wenn durch das schütter gewordene Laub der Bäume und Büsche Flecken von Kaisergelb aufleuchteten, dann dachte man: Das sind vielleicht letzte Zeichen, mit denen das Gebäude sich auf Nimmerwiedersehen verabschiedet.
Das langwierige Sterben der Bauten ist auf andere Weise eindrucksvoll als der schnelle Tod

ihrer Bewohner. Wenn sie zu einer ausgeprägten, einstmals dominierenden Gattung gehören, die keinen Nachwuchs mehr hervorbringt, vermeint man, alles langsame Verbleichen und Aussterben in der rauhen Witterung des Weltraums vor sich zu sehen, vom Schrumpfen der ehemals glatten Haut und der prallen Gefäße bis zu den letzten Lebensspuren eines Planeten.

Und man weiß: Hier verliert sich ein Unikum, das nirgends und niemals wieder auftauchen kann. Beim plötzlichen Anprall eines Windstoßes, der vom brüchigen Mauerwerk oder von den Gesimsen eine Sandwolke herunterstäubt, glaubt man die Wirbelspiralen zu erkennen, in denen die Welten sich wieder zu Atomen zerstreuen.

Was sich in den Mauern abspielte, die nun leer sind, ist im Zerfall ungleich gegenwärtiger als in jeder künstlichen Bewahrung. Denn alle Restaurationen sind Krücken und äußere Stützen, die sich bemühen, einen abgestorbenen Körper gegen die Schwerkraft zu verteidigen. Im Ruin dagegen artikuliert sich das Leben noch einmal deutlich und nuanciert, als wollte es sich mit einem unvergeßlichen Blick verabschieden.

Das Verfallende wird nach und nach von

respektlosen Wesen besiedelt, die überall dort eindringen, wo die alten Dämme nachgeben. Erst kommen die kleinsten, später, wenn die Lücken sich ausweiten, die größeren. Liebespaare bleiben für einige Stunden, Landstreicher für einige Nächte.

Doch dieses Gelichter stört das Zerfallende nicht; es gehört zu ihm und belebt es manchmal auf heitere Art. Erst die Konservatoren verwischen den Ausdruck des Sterbenden, übertünchen seine Nuancen, umwickeln seine Formen, als wollten sie sich eine Mumie erschaffen.

Was ist das: ein Kulturdenkmal?

Die es einst gebaut hatten oder bauen ließen, wollten kein Denkmal errichten. Sie spürten kein Bedürfnis nach Mumifizierung. Ihre Blicke umfaßten das Gebäude nicht auf pietätvolle Art. Für sie war es eine Lebensform, ein Ort, wo sie lachten und weinten. Sie wollten darin ihr Leben genießen, und sei es auf Kosten der anderen.

Nahm man ihnen das übel, dann war es verwunderlich, daß die Stätte ihrer Übeltaten und Privilegien nun auf einmal ein Denkmal sein sollte, das feierlich umsorgt und erhalten werden mußte.

Waren diese Formen nicht Ausdruck dessen,

was man verdammt? Früher hatte man solche Gebäude entweder dem Erdboden gleichgemacht oder so lange verändert und den neuen Bedürfnissen und Träumen angepaßt, bis ihr ursprünglicher Ausdruck kaum noch zu erkennen war.
Warum durfte das Schloß, von seinen Erbauern verlassen, nicht wenigstens zerfallen? Hatten sie, die besten Kenner ihres Raub- und Wohnsitzes, nicht gewußt, was sie taten, als sie auszogen?

Einer von ihnen war noch am Leben. Man sah ihn aber niemals in der Nähe des Schlosses. Er empfand sich also nicht als Täter, dessen sprichwörtliche Pflicht es ist, an den Ort seiner Untat zurückzukehren. Er beurteilte das Schloß ebenso unsentimental wie seine Ahnen. Und da er Geld brauchte, verwandelte er es in Geld.
Vielleicht bewirkten die letzten Spuren seiner aristokratischen Herkunft, daß er als Geschäftsmann, zu seinem Leidwesen, den bürgerlichen Konkurrenten unterlegen war. Vielleicht fehlte ihm eine gewisse Vulgarität, die sie im Elternhaus erlernt hatten. Um seine Konkurrenten einzuholen, verkaufte er das Schloß.
Und sein alter Name, der am Rand der Residenz,

wo die Ausfallstraße mit dem Saum ihrer Peitschenleuchten quer durch die Vorstadt schneidet, auf einem Plastikschild zu lesen war, begann von nun an, in verschlungenen Neonröhren zu leuchten.

Nach einer noch unerforschten Dialektik, die sich leider, statt dem Fortschritt zu dienen, in Bouffonnerien und Verwechslungskomödien auslebt, strebte ein erfolgreicherer Konkurrent, der das besaß, was der Graf ersehnte, gerade nach dem, was der Graf verließ. Dieser wollte Geschäftsmann sein und jener Herr eines Schlosses.
Was mit Anstand ein altmodisches Adieu gesprochen hatte, wurde nun überredet zu bleiben. Und man verlangte von dem Schloß, es solle, gleichsam posthum, nicht nur ein vornehmer Wohnsitz werden, sondern auch eine neue Karriere als Kulturdenkmal beginnen.

EIN ZUFÄLLIGES ZUSAMMENTREFFEN

Wären zu einer gewissen Zeit an einem gewissen Ort gewisse undeutliche Figuren, Überreste dessen, was man früher als Charaktere bezeichnete, nicht zusammengekommen (was an einem sehr dünnen Faden hing), so gäbe es die Vorfälle, die hier beschrieben oder vielmehr durch Wort-Winke angedeutet werden, überhaupt nicht. Niemand würde sie vermissen. Das ist aber kein ausreichender Grund, sie geringzuschätzen, denn wer weiß, ob nicht sogar die Entstehung des ganzen Sonnensystems an einem solchen Faden hing.

Wer ohne bestimmten Plan spazierengeht, der erwartet immer, sei es auch unbewußt, eine interessante Überraschung. Theoretisch wäre es möglich, daß ein Meteor ihn träfe; er aber erhofft sich einen angenehmeren Treffer. Aus Zufällen entstehen Unterhaltungen, Schicksalsschläge und Bücher.

Daß ein gewisser Meyer-Nimmfür, der vor kurzem das erwähnte Schloß gekauft oder, wie man bei Schlössern sagt, erworben hatte, eine bestimmte Bar aufsuchen würde, war ziemlich unwahrscheinlich. Dies umso mehr, als es sich

um einen Ort handelte, der für Leute wie ihn eigentlich zu primitiv, das heißt also zu billig war. Man muß aber bedenken, daß Meyer-Nimmfür sich erstens nicht in seiner Heimat befand, wo man seine Anwesenheit an einem x-beliebigen Ort besonders registriert hätte, und daß zweitens die billige Bar ziemlich das einzige Lokal war, das in dieser Gegend bis nach Mitternacht geöffnet hielt.
Wenn Meyer-Nimmfür verreiste, spürte er immer eine schwache Nachwirkung seiner Jugend, die ihm Neugierde und ungeniertes Benehmen erlaubt hatte. Dann ging ihm die Gewohnheit, nur das Angemessene zu genießen, das zur Ausbeutung seiner Börse bereitstand, manchmal auf die Nerven. Die teure Umgebung schützt zwar vor mißliebigen Vorfällen (denn die Gegenwart des Geldes dämpft die Lautstärke und setzt die Aggressionen herab), aber vor Langeweile schützt sie nicht.
Dazu kam, daß Meyer-Nimmfür keineswegs zimperlich war. Er konnte derbe Aussprüche einstecken und austeilen, wobei er jene selbstverständliche Roheit hervorkehrte, die sich als traditionelles Volksgut allgemeiner Achtung und Pflege erfreut.
Verbindet sich Reichtum zum Beispiel mit schüchterner Arroganz, so darf sich niemand

wundern, wenn in einer billigen Bar eine goldgerahmte Brille auf dem Boden zertrampelt wird. Ist die Rechnung damit beglichen, kann man sogar noch zufrieden sein. So etwas vollzieht sich mit der faszinierenden Konsequenz von Naturgesetzen.
Schüchternheit aber gehörte nicht zu Meyer-Nimmfürs Eigenschaften. Außerdem war er kein Brillenträger. Er hatte auf seiner Wange eine längliche Narbe. Es ließe sich statistisch nachweisen, daß derartige Narbenträger höflicher angesprochen und seltener angegriffen werden als andere.
Die gute Erziehung, nach Meyer-Nimmfürs Überzeugung eine *harte Schule,* bewährt sich im Daseinskampf, den Darwin beschrieben hat, an allen Fronten, sei es nun im Geschäftsbetrieb oder in einer billigen Bar.

War die Anwesenheit Meyer-Nimmfürs an diesem Ort des zufälligen Zusammentreffens einer Erklärung bedürftig, so verstand sich diejenige Nihals von selbst. Härte war für Nihal entbehrlich, weil er den darwinschen Kampf auf ähnliche Art überstand wie der Strohhalm den Wasserwirbel. Er war ein Herumtreiber, den man überall treffen konnte, wo es nicht allzu teuer war. Und weil er nicht daran dachte, sich für Frauen und die mit ihnen verbundenen Komplikationen besonders anzustrengen, war er auf Freibewegliche angewiesen, von denen sich meistens zwei oder drei in der Bar aufhielten, um dort mit dem Zufall zu spielen.

An jedem Ort gibt es verschiedene Arten loser Partikel, die von der konformen Menge abspringen und herumtreiben. Sie erfinden sich Wechsel und Schlupfwinkel, Futter- und Vergnügungsplätze, die manchmal auf ingeniöse Weise die Brutstätten des saturierten Betriebs durchsetzen.

Wenn in Zukunft sich alles in spiegelnden Maschinenparks abspielt, wo durch Röhrenwerke die gerechte Güterverteilung gesichert ist, so wird es irgendwo im Schatten, in einem vergessenen Winkel, ein defektes Rohr geben, aus dem Nährbrei entweicht. Im Dunkel, wo die Speise herabsickert, wird man zuweilen huschende Gestalten bemerken. Würde Nihal dann noch leben, so müßte man dort nach ihm suchen.

Für Nihal war es im Grunde unverständlich, warum die Menschen sich auf einen Betrieb einließen, der in keinem Verhältnis stand zu dem einfachen Zweck, auf der Kruste des Planeten, erwärmt von der Sonne, da zu sein

und zu leben. Weil er sich nicht vorstellen konnte, daß dazu die monströsen Aktivitäten nötig waren, die er beobachtete, kam er zu dem Schluß, die Menschen seien verrückt geworden. Vielleicht standen sie nur vorübergehend im Bann eines schizophrenen Schubs. Warum aber sollte auch er, der davon nicht befangen war, zu den Opfern zählen?
Er machte sich also möglichst leicht und ließ sich treiben. So war er auch diesmal von irgendeiner Strömung in die Bar getragen worden, ohne zu ahnen, daß ein zufälliges Zusammentreffen seinen Lebenslauf für einige Monate ablenken und irritieren sollte.

Die dritte Figur, ohne die der Zufall unfruchtbar geblieben wäre (wenn hier von Früchten überhaupt die Rede sein kann), war Stockhammer, ein Architekt aus der Residenz, der hier im Niemandsland, wo es noch keine Stadt und kein Land mehr gab, verlassene Bauernhäuser für Prominente ausbaute und adaptierte. Dabei handelte es sich hauptsächlich um Große Künstler, worunter man Dirigenten, Sänger, Schauspieler und dergleichen zu verstehen hat, Leute also, die dem *Stress* ebenso ausgesetzt sind wie Industrielle oder Manager und die deshalb gerne im beruhigenden Wiesengrün

sich ausruhen und reines Wasser aus alten Trögen schöpfen.
Die moderne Kunst, so meinte Stockhammer, der sich manchmal als Zyniker gab, erweise sich dort am stärksten, wo sie *unsichtbar* bleibe; deshalb habe man schließlich die Invisible Art erfunden. Am wichtigsten aber, und das habe man noch zu wenig erkannt, sei dieser Stil in der Architektur. Er selbst, Stockhammer, sei ein Vertreter der Invisible Architecture.
Seine Leistung bestand nämlich darin, in einem alten Gehöft ein Maximum an modernem Komfort bei einem Minimum an Sichtbarkeit zu verstauen. Die Kühe, so sagte er, seien sich jahrhundertelang darüber im unklaren gewesen, daß sie Räume bewohnten, die eines Großen Künstlers würdig sind.

Soll man sagen, Stockhammer und Nihal seien Freunde gewesen? Jedenfalls kannten sie einander als Randexistenzen, und dieses fast instinktive Erkennen hat eine Schärfe, die für den Angepaßten unerklärlich bleibt.
Stockhammer, der für Leute arbeitete, die er, im Gegensatz zur herrschenden Meinung, geringschätzte, empfand diese Tätigkeit insgeheim als Verrat. Abends, in Lokalen, erholte er sich von seinem Beruf. Unter der Einwirkung

von Getränken kam bei ihm ein Hochmut zum Vorschein, der ihm alle seine Kollegen entfremdete. Er verachtete die Architekten aus intimster Kenntnis. „Alles Florierende", pflegte er zu sagen, „kann heutzutage nicht anders als erbärmlich sein. Man muß sich an Gescheiterte halten."

Nihal warf ihm Übertreibungen vor: „Was ist das schon, ein Gescheiterter?" Er liebte es nicht, das Leben als dramatischen Vorgang zu betrachten. War vom Scheitern die Rede, dann mußte er etwa an ein Insekt denken, das immer wieder vergeblich versucht, die glatte Innenwand einer Badewanne hinaufzuklettern: ein scheiterndes Insekt.

Letzten Endes sympathisierte er aber doch mit dem Hochmut Stockhammers, der nur noch in der Öde und Zerrüttung von Nachtlokalen an die Oberfläche kam. Dieser Hochmut gab seinem Gesicht, wenn auch nur flüchtig und geisterhaft, einen Ausdruck, wie man ihn bei den letzten Primitiven findet, die das Berufsleben noch nicht erfaßt und gebrochen hat.

Eine billige Bar fördert Kontakte. Je weiter die Zeit fortschreitet, desto leichter knüpfen sie sich an, von Tisch zu Tisch, garniert mit Witzen, Anspielungen und Beleidigungen, die

wie Funken herumspringen. Deshalb war es kein Wunder, daß Meyer-Nimmfür dem Architekten in die Hände fiel, dessen potentieller Kunde er war. Leider fehlte dem Schloßherrn eine genaue Kenntnis der ortsbedingten Mentalität, insbesondere des Charmes, über den Stockhammer nach Belieben verfügte, wenn ein Opfer sich ihm näherte.
Hier zeigte es sich wieder einmal, daß ein Mann wie Meyer-Nimmfür gut daran tut, Lokale zu vermeiden, die seinem Kaliber nicht entsprechen. Kann er den gröberen Anstößen ausweichen, so wird er vermutlich in eine der ungreifbaren Fallen gehen, die dort auf ihn warten.
Die Redegabe Stockhammers – für Nihal ein Schauspiel, dessen Hintergründe er kannte – erregte Meyer-Nimmfürs Staunen. Und weil Stockhammer Große Künstler im Munde führte, die, wie der neue Schloßherr wußte, in der Großen Kunst ebensoviel leisteten wie er im Großen Geschäft, war er sogleich geneigt, dem Architekten zu vertrauen. Zwar nahm er sich vor, genaue Erkundigungen einzuziehen, wie er es bei jedem tat, den er für sich arbeiten ließ, doch hoffte er zuversichtlich, daß hier der geeignete Architekt für sein Schloß gefunden war.

Auch die apokalyptischen Ausflüge von Stockhammers Einbildungskraft, die Katastrophen, historischen Perspektiven phantastischer Art, die Ketzereien und was er sonst noch alles heraufbeschwor, fesselten Meyer-Nimmfür, der immer nickend applaudierte, wenn der Architekt ein allgemein akzeptiertes Dogma des Zeitalters über den Haufen warf. Er hätte vermutlich auch die Welteislehre oder die Hohlwelttheorie von Stockhammer angenommen, weil alles so eindrucksvoll geschildert wurde und nirgends die Welt der Geschäfte berührte oder gar störte.
Der Architekt, der sich in Gesprächen mit Nihal zurückhielt, weil er wußte, wie genau dieser seine Spielarten kannte, hatte ein noch unberührtes Opfer gefunden, das ihn anstaunte und zu imposanten Behauptungen ermunterte.

Stockhammer, der Sohn eines einfachen Ingenieurs, erweckte, ohne es direkt zu sagen, gerne den Eindruck, aus einem mysteriösen Uradel zu stammen, der durch widrige Zeiten profaniert worden war. Vor Jahrhunderten oder in ferner Zukunft gab es oder wird es wieder Kunst geben, wie er sie verstand: als Stil, der alle Lebensäußerungen erfaßt. Dies war freilich eine eindrucksvolle Entschuldigung

dafür, daß er selbst nichts Nennenswertes hervorgebracht hatte.
Etwas Erbärmliches lag in der Art, wie Stockhammer die Welt seiner Gedanken, um die ihn niemand gebeten hatte, als Rechtfertigung seiner Existenz auf einem Bartisch ausbreitete. Niemand wußte genauer als er, wen er vor sich hatte, und trotzdem spielte er Meyer-Nimmfür diese Szenen vor, oft mit Worten und Pointen, die Nihal so gut kannte, daß er sie als Theaterszenen beurteilte, die manchmal besser und manchmal schlechter gespielt werden.
Am Ende war Stockhammer so gut wie engagiert und hatte auch schon für Nihal eine Rolle in diesem Spiel vorgesehen: den Posten eines vorläufigen Dieners oder Portiers, der möglichst bald ins Schloß übersiedeln und sozusagen die Schwelle hüten sollte.

DER SCHAUPLATZ

Zum Eingangstor führte eine kurze Allee. Die Bäume waren vielleicht zweihundert Jahre alt, also noch vor der großen Erschütterung und vor den Einmärschen gepflanzt worden, die schließlich, mit der hinterhältigen Langsamkeit historischer Prozesse, den jetzigen Zustand des Schlosses bewirkt hatten. Was ein gewisses Tempo, auf das wir trainiert sind, unterschreitet, entzieht sich der allgemeinen Aufmerksamkeit, bis die Leute plötzlich bestürzt vor Ruinen stehn.
Der Kies war von Gräsern und Unkräutern durchwachsen. Eine Ameisenstraße überquerte die Allee in schräger Richtung, wie um zu zeigen, daß es hier auf Eile nicht ankam. In der Mitte verlief ein ausgetretener Pfad, der andeutete, daß der Faden noch nicht abgerissen war, ein Menschenwechsel gleichsam, wie er von zivilisierten Leuten, die keine ungewöhnlichen Spaziergänge mehr unternehmen, vermieden wird, wahrscheinlich von Kindern und Halbwüchsigen frequentiert, auch von verdächtigen Erwachsenen, die sich mit abwegigen Gedanken von den befahrenen Straßen entfernen.
Hier sollten sich also zu beiden Seiten wieder

Fahrrinnen bilden. Die Ameisen würden bald erkennen, daß es zu systematischen Störungen kam, die sie zwangen, ihre Straße zu verlegen. Die Unkräuter und Gräser würden die eroberten Gebiete wieder zurückgeben. Später, in einer Zukunft, von der wir nichts mehr erfahren (wir wollen sie die *Große Sanierung* nennen), wird sich dann vermutlich alles mit Asphalt überziehen. Doch Unkräuter, Gräser und Ameisen sind viel geduldiger als Menschen und warten an den Rändern.

Je näher man dem Bauwerk kam, desto dunkler wurde es, denn man befand sich an seiner Nordseite. Am dunkelsten war der Eingang, den ein Portikus mit drei Bögen schützte. Hier waren früher die Kutschen hineingefahren, so daß Frisuren und Beine vom Regen verschont blieben, hier hatten Hunde gebellt und Lakaien ihre traditionellen Bücklinge vollführt.

Jetzt wirkte das Tor so abweisend, als sei ein Bann gesprochen worden, der den Zutritt verwehrte. Die Bögen waren schwarz geworden wie der Eingang zu alten Grabkapellen. Moose bewuchsen die unteren Teile des Mauerwerkes, indessen oben in den Ritzen einzelne Pflanzen sichtbar wurden, Vorhuten der Vegetation, die sich anschickte, das Schloß zu erobern. Das Gros des Heeres war bis zum Fuß der Mauern vorgerückt und bildete mit unendlicher Geduld einen dichten Belagerungsring. Manchmal trieb der Wind die feinen Samengeschosse nach oben, die sich, immer wenn ein Treffer erzielt wurde, an verwitterten Stellen festsetzten und damit begannen, ihre zarten Wurzelfäden in die Ritzen des Schlossen zu senken.

An der Nordseite werden gewöhnlich die ersten Durchbrüche erzielt. Im Schatten hält sich die Feuchtigkeit, die an der Südseite zwischen den Steinen, wenn die Sonne sie erhitzt, immer wieder verdampft.

Auf die Nässe hinweisend, behauptete Stockhammer, es sei überhaupt ein Irrtum gewesen, in dieser Gegend Schlösser zu bauen. Auch heute glaube man noch, man könne überall alles bauen; das seien aber nur Flugträume des Gehirns. Seiner Meinung nach hätte man im Norden, statt die mediterranen Bauten zu imitieren, eine eigene Regenarchitektur entwickeln müssen.

An der Vorderfront des Schlosses führte eine Freitreppe nach zwei Seiten in den Garten hinab. In der Mitte zogen sich die Reste eines Wassergrabens hin, der unter die Treppe in ein Gewölbe führte, wo Trümmer eines Bootes lagen, mit dem man früher zum Schloßteich hinübergefahren war. Vom Namen des Bootes

konnte man die letzten drei Buchstaben ICE noch lesen, die wie ein vieldeutiges Rätsel wirkten, das jeden aufforderte, es nach seiner eigenen Phantasie zu lösen.
Ein feuchter, schilfbewachsener Einschnitt markierte den Lauf des Grabens. Da eine menschliche Laune und keine natürliche Notwendigkeit hinter ihm stand, hatten seine Ränder sich aufgelöst. In einiger Entfernung lag ein schweres, morsches Brett quer über dem Wasserlauf, und zwar an derselben Stelle, wie Stockhammer herausfand, an der einst eine filigrane Holzbrücke venezianischer Bauart den Wasserlauf überspannt hatte.
Vielleicht war das Ganze eine winzige Imitation Venedigs gewesen, eine verwehte, über die Berge getragene Laune, verbunden mit irgendeiner Frau oder einem künstlerischen Wahn. Man konnte sich des Eindrucks nicht erwehren, daß hier eine persönliche Leidenschaft oder Extravaganz Gestalt angenommen und den Initiator einige Zeit lang überdauert hatte, vielleicht noch gepflegt und begleitet von gewissen Kenntnissen der Nachfahren.
Jede alte Familie bringt einmal, in dem meist vergeblichen Bemühen, ein Genie zu erzeugen, irgendeinen Sonderling hervor. Und selbst wenn die Mitlebenden ihn verfluchen, werden

doch die Nachkommen ihn umhegen, weil er über das Zweckmäßige hinausgeht und so der ganzen Familie, sei's auch nur durch eine Verrücktheit, eine höhere Rechtfertigung verschafft.
Das Klein-Venedig im Schloßgarten wurde von keiner Erinnerung mehr gehalten. Es ging endgültig verloren, und aus dem Überwachsenen und Abgesackten stieg nur mehr eine undeutliche Ahnung auf, die alles offen ließ, wie die letzten drei Buchstaben des Bootsnamens ICE.

Stockhammer sprach von abwehrenden Kräften, die sich angeblich, ungreifbar und lauernd, einer Neubesiedlung des Schlosses widersetzten, doch Meyer-Nimmfür redete, den verschilften Schloßteich betrachtend, von den Stechmücken, die dort auf neue Schloßbewohner warteten. Er würde, wie er sagte, den ganzen Teich *ausräuchern* lassen, was offenbar seine Art war, den Wohnsitz wieder zu weihen.

DIE GONDEL

Hat die Luft sich verdünnt und ihre Fähigkeit zur diffusen Zerstreuung des Lichtes verloren? Nur das Beleuchtete ist gegenwärtig, wirkt wie die Skizze eines Schloßparks.

Die Schatten führen ins Nichts. Die Sonne erscheint kleiner und schwächer, als befände man sich auf dem Mars. Sie wirkt plastisch wie eine Kugel und schwebt in einem schwärzlichen Himmel. Was ihr Licht verläßt, wird unsichtbar. Jeder Schatten ist eine Tarnkappe.

Über dem Kanal, der zum Schloßteich führt, erhebt sich eine feingegliederte Brücke. Sie glitzert. Besteht sie aus Metall? Ihre Struktur erinnert an die unteren Bögen des Eiffelturms. An manchen Stellen, wo die Verstrebungen im Schatten sind, scheint sie zu verschwinden. Wie die anderen Dinge erweckt sie den Eindruck eines Entwurfs, einer nur halb ausgeführten Konstruktion, deren Teile sich durch unbekannte Kräfte im Schwebezustand erhalten. Die beleuchteten Rippen, die eine präzise Bauweise erkennen lassen, springen mit ungewohnter Deutlichkeit hervor. Die Schwärze, die dazwischentritt, ist keine Farbe, sondern scheint die Leere des Weltraums zu spiegeln.

Nihal berührt die Brücke mit den Fingern. Sie

fühlt sich kalt an, besteht aus einem gelben, glasharten Stoff.

Unter der Brücke bemerkt er schattenhafte Bewegungen eines länglichen, fischartigen Körpers. Im spärlichen Licht, das von der Brücke reflektiert wird, leuchtet manchmal etwas auf wie silbrige Schuppen.

Schließlich aber taucht eine Galionsfigur aus dem Schatten. Nihal erkennt die Spitze einer Gondel, die statt des beilartigen Emblems eine hölzerne Nixe trägt. In den zweideutigen Zügen der Galionsfigur, in denen sich Kindheit und Alter vermischen, scheint sich eine Perversion zu verbergen.

Nun tritt ein Gondoliere ans Licht, dessen venezianische Maske wie eine Schnauze vorspringt. Unter der weißlichen Larve, wo man Kinn und Hals erkennen müßte, ist aber nichts zu sehen. Aus diesen Nichts kommt eine Stimme, die weder spricht noch singt. Trotzdem weiß Nihal: Das ist der Gesang des Gondoliere, ein Sprechgesang, eine Art orientalisches Rezitativ.

Nihal übersteigt das Brückengeländer und läßt sich in die Gondel hinab. Hatte der Gondoliere auf diesen Augenblick gewartet? Ohne zu zögern, setzt er sein Ruder ein, und die Gondel gleitet unter dem Brückenboden hinaus auf den Schloßteich zu.

Kaum hat sie ihren Ort verlassen, geht ein Zittern

durch die Brücke. Sie löst sich auf, als sei ein Kraftfeld, das sie erzeugt hatte, zusammengebrochen. Und hinter der Gondel verflüchtigen sich die bemoosten Steinmauern des Kanals.

Auf seiner letzten Fahrt verwischt das Schiff seine Spuren. Statt einer Wellenfront hinterläßt es Schilf und Gras über dem sich schließenden Kanal. Aus den Ufern, wo kunstvolle Statuen versinken, bildet sich eine häßliche Narbe.

„Halt!" ruft Nihal.

Aber der Gondoliere ist verschwunden. Man hört Motorengeräusch. In der überdachten Kabine entdeckt Nihal ein kompliziertes Armaturenbrett. Er kann die Geräte nicht bedienen.

Angst.

EINE ATEMPAUSE

Zum Glück entfesselte der neue Schloßherr keine hektische Aktivität. Es liegt etwas Furchtbares in der Art, wie sich manche auf ein altes Gebäude stürzen, um es für sich zu adaptieren. Der Eifer Meyer-Nimmfürs wurde eher durch eine Abneigung vor neuen größeren Ausgaben gedämpft als durch eine Scheu vor den Geistern des Schlosses, die Stockhammer überall zu wittern schien. Der Schloßherr erkundigte sich, ob es möglich sei, mit relativ bescheidenen Mitteln (worunter er etwa die Jahreseinkünfte von fünf Arbeiter- oder Lehrerfamilien verstand) den weiteren Verfall vorläufig aufzuhalten und einige Zimmer für Urlaubszwecke halbwegs repräsentativ herzurichten. Er wolle gerne eine *finanzielle Atempause* einlegen, in der nur die nötigsten Ausbesserungen vorgenommen würden.

Stockhammer sagte, dazu sei eine genauere Untersuchung des Dachstuhls nötig, denn vorerst müsse man das Wasser abhalten. Ansonsten brauche das Schloß auf jeden Fall eine Atempause, und zwar im buchstäblichen Sinn, denn, im Gegensatz zu den Finanzen, hätten die Mauern tatsächlich die Fähigkeit zu atmen.

Sei das Dach einmal dicht, dann böten sich einzelne zentrale Räume, vor allem die zuletzt bewohnten, als Ausgangspunkt der Restaurierung an.
Es stellte sich heraus, daß über diesen Räumen, die vielleicht erst seit drei oder vier Jahren leer standen, auch das Dach am besten erhalten war.
Stockhammer machte sich ein eigenes Bild vom *Alten Grafen*, der, wie man erzählte, bis zu seinem neunzigsten Jahr hier gelebt hatte. Die Vorstellungen Stockhammers knüpften zwar immer an konkreten Einzelheiten an, doch im übrigen wurde das Bild auf eine Weise ergänzt, wie sie seiner Phantasie am besten zusagte.
Der Alte Graf, so behauptete Stockhammer, sei selbst aufs Dach gestiegen, um einiges auszubessern. Dies könne man aus der Flickarbeit schließen, die den mittleren Teil des Daches mit merkwürdigen Fragmenten bedeckte.
In diesen Improvisationen lag tatsächlich etwas Abenteuerliches, sozusagen Altgräfliches. Jedenfalls konnten sie nicht von einem an der Praxis orientierten Menschen stammen. Hier waren Konservenbleche der amerikanischen Armee, mit Tarnfarben gefleckte Zeltplanen, Dachpappe und sogar Einkaufstaschen aus Kunststoff verflochten und zwischen die alten

Ziegel gesteckt. Teile davon waren halb verwittert, andere glänzten noch in den Lieblingsfarben der Industrie.
Stockhammer meinte, der Alte Graf habe sich geschämt, daß er nicht mehr fähig war, umfassende Reparaturen zu finanzieren. Und weil die herrschenden Zustände es unmöglich machten, einen Fachmann für bescheidene Reparaturen zu bekommen, so hatte er selbst zugegriffen, womöglich in aller Stille, wenn kein Beobachter zu befürchten war.
Der Alte Graf konnte sich unmöglich mit einer neuen Firma einlassen, die reflexartig, sobald man mit ihr in Kontakt kommt, damit beginnt, auf allen überhaupt möglichen Wegen Geld an sich zu ziehen. Statt fähiger Arbeiter hat sie eine nomadenhaft wechselnde Belegschaft, die im Maschinenpark sozusagen flüchtige Lager aufschlägt und zwischen Bierkisten und Radioempfängern nach dem Arbeitsminimum strebt, während die leitenden Herrn, taub für Beschwerden und hellhörig für jede Vergrößerung des Aufwands, in eleganten Büros telefonieren oder im Wagen zu Besprechungen unterwegs sind.
Mit dieser Welt, behauptete Stockhammer, konnte sich der Alte Graf nicht mehr arrangieren. Deshalb entfremdete er sich, je älter er

wurde, immer mehr der Gesellschaft. Teile des Schlosses entglitten seiner Kontrolle. Er vermied es, sie zu betreten, und vergaß sie schließlich ganz. Andere Teile besuchte er nur noch flüchtig, mit wehendem Schlafmantel, um irgendeinen Gegenstand zu holen, den er dort vermutete. Er glich einem uralten Großstädter, der in Jahrzehnten, in denen die Stadt sich fremdartig auswuchs, sein Viertel nicht mehr verließ.

Die Dienerschaft, deren Ansprüche immerfort stiegen, verlief sich nach und nach, um irgendwelchen chaotischen Karrieren nachzujagen. Der Alte Graf stand seinen Leuten verständnislos gegenüber. Manche verabschiedeten sich gleichgültig, andere mit einem Fluch. Einer warf dem Alten die Mistschaufel vor die Füße. Eine andere schüttete einen Kübel voll Abfall auf einen Teppich und trug eine Schachtel mit chinesischem Porzellan mit sich fort. Schließlich starb auch das letzte Faktotum. Regen drang ein und begann an den Flügeln des Schlosses seine Zersetzungsarbeit. Dort gab es schon eingedrückte Scheiben und wehende Vorhänge, während der Graf sich in seinem Zimmer noch wärmte.

Die Zeit bringt ein Wetter, das sich ständig verschlechtert. Es hat keine Zyklen. Schließ-

lich können die Abzugsgräben sich nur noch vertiefen.
Wie am Schloß, zeigten sich auch an der Gestalt des Grafen die Verfallserscheinungen. Seine Bekleidung hörte ab einem gewissen Zeitpunkt auf, sich zu regenerieren. Längst versunkene Moden wurden bis zum Fadenschein aufgezehrt. Schuhe aus der Kaiserzeit begannen noch einmal zu klappern, alte Uniformen kamen mit ihren Mottenlöchern aus den Truhen hervor.
Die Einrichtungsgegenstände des Schlosses, von denen viele immerhin zwei Weltkriege überdauert hatten, wanderten einer nach dem anderen in die Antiquitätenläden, wo sie von Neureichen aufgekauft und in absurde Umgebungen verschleppt wurden.
So bildete sich um den Alten Grafen gleichsam ein Vakuum, das ihn von der Welt isolierte. Auch die zerbrechlichen Gestalten, die noch auf Besuch kamen, um von dem zu sprechen, was vor den Kriegen geschehen war, zeigten sich immer seltener und verschwanden schließlich unter der Erde.
Nur der Graf blieb noch aufrecht, als wollte er sich zusammen mit dem Schloß dem Zeitgetriebe entziehen und mit seinem zerfallenden Schiff in ein herrschaftliches Nichts hinunter-

sinken, dem er sich schon näher fühlte als seiner kaum mehr wahrgenommenen Umgebung. Weil aber doch das Mauerwerk letzten Endes ein wenig stärker ist als Muskeln, Sehnen, Knochen und Eingeweide, scheiterte dieser Versuch, den Stockhammer sich eindrucksvoll ausmalte. Der Alte Graf (und das ist das einzige, was wir tatsächlich von ihm wissen) erlebte seinen neunzigsten Geburtstag nicht mehr. Sein Enkel konnte den ersehnten Schlußverkauf einleiten, dessen Erlös vermutlich zum größten Teil, mit einem nahezu hörbaren Gurgeln, in einem tiefen Schuldenloch verschwand.

Meyer-Nimmfür kümmerte sich wenig um seinen Vorgänger. Er hielt nichts davon, über alten Zuständen zu brüten und sich über Leute den Kopf zu zerbrechen, die gescheitert waren. Was ihm selbst nicht gelang, das strich er am liebsten aus seinem Gedächtnis, und wenn es doch wieder auftauchen wollte, dann stieß er es mit innerer Ungeduld hinunter. Er machte es wie jene Historiker, die vom Staat mit hohen Auszeichnungen bedacht werden, wenn sie die mißliebigen Vorfälle unterschlagen oder, falls das zu auffällige Lücken hinterließe, mit einigen Sätzen darüber hinwegkommen,

deren Raffinesse allein schon einen Orden wert ist.
Die Atempause, die dem Schloß gewährt werden sollte, empfand Meyer-Nimmfür als unproduktive Zeit. Er würde sie später, wenn die Spuren seines dekadenten Vorgängers alle getilgt waren, wieder vergessen. So gehören die Kapitel, die hier aufgezeichnet sind, zur Materie, deren Vernichtung die Orden des produktiven Lebens einbringt.

NIHAL ALS SCHLOSSBEWOHNER UND INNENARCHITEKT

Nihal hatte in vielen Untermietzimmern gewohnt, zwischen Straßen, auf denen die Wagen dahinrollten und die Scheiben zum Zittern brachten. Reflexe von Verkehrslichtern waren an den Wänden und auf der Decke erschienen, eine Zeichensprache, die er nicht lesen konnte oder nicht lesen wollte. Fremdartige Möbel hatten ihn mit ihren absurden Verzierungen oder ihrer sterilen Glätte umgeben, ein Gerümpel der Formen und Attrappen, manchmal von unfreiwilliger Komik, ein Chaos, dessen Fortsetzung man sich nach allen Richtungen hin vorstellen konnte, rings um die Erde, die es sich mit wachsender Vitalität zu unterwerfen schien.

Durch die Mauern hatte er die Wassergüsse, die Radio- und Fernsehstimmen, das Getrappel, Geklingel und Geplärre der Bevölkerung vernommen, vor deren Angriff er sich durch sein Schweigen und sein äußerliches Befolgen der Vorschriften schützte. Wäre seine Mentalität zum Vorschein gekommen, so hätten sie ihn ausgestoßen.

Er wollte lieber heute als morgen ins Schloß

umziehen. Mit Neid hatte er schon immer alte Türme und isolierte, halb verfallene Häuser betrachtet, die der Betrieb als leere Stellen zurückließ: Dort müßte man leben!
Meyer-Nimmfür, der sich eine Übersiedlung nur als umständliches Unternehmen vorstellen konnte, meinte mit einem geringschätzigen, dem harmlosen Narren zugedachten Lächeln, er solle doch wenigstens die Renovierung eines Zimmers abwarten. Wozu? Im Sommer konnte man überall wohnen, wo Dach und Wände waren.
Möbel waren für Nihal überflüssig. Stockhammer hatte recht, wenn er sagte, daß man Erzeugnisse der Industrie, denen gleichsam Unlust und Berechnung der Produktion anhafteten, bestenfalls dann verwenden konnte, wenn man sie vorher mit der Lötlampe behandelte, sie abbeizte, neu bemalte oder überklebte. Brauchbarer waren verlassene Dinge, die man irgendwo auflas, wo die Leute auszogen, um sich zu verbessern. Was sie zurückließen, war immer einer Betrachtung wert. Oft konnte man es zerlegen, neu zusammensetzen und verlöten.
Die größeren Räume des Schlosses, die für eine ausgestorbene Spezies berechnet waren, sagten Nihal nicht zu. Er suchte sich eine

kleinere Kammer aus, wo eine Zofe gewohnt hatte, vielleicht auch ein Diener, aber von dem wollte er nichts wissen. Für Nihal war es eine jener Zofen gewesen, wie man sie noch gelegentlich auf dem Theater bewundern kann.
Nihal ließ sich von Stockhammer einen großen Kleiderständer aus einem aufgelassenen Kaffeehaus heranschaffen, ein Wunderwerk der Verästelung.
Wo einst das Café mit seinen kuriosen Marmortischen gewesen war, breitete sich jetzt eines jener Möbelgeschäfte aus, die sich gemeinsam mit Kreditinstituten wie Infektionen fortpflanzten. Stockhammer spürte diesen Verwertungsprozessen nach und erwarb die verschiedensten Überreste.
Der untere Teil des Kleiderständers, ursprünglich zum Abstellen von Regenschirmen bestimmt, eignete sich, nach einiger Umarbeitung, als Wäschebehälter. Das Schloßgelände war ein Fundplatz für seltsam geformte, aus ihren ursprünglichen Kompositionen herausgekollerte Steine. Einige hatten barocke Ausbuchtungen und kleine Kapitäle. Mit Hilfe von Brettern, die aus zerfallenen Möbeln stammten, konnte man Regale und Tische zusammensetzen. Nihal liebte das Ausgewaschene und Abgeschliffene, das die Strukturen von

Stein und Holz zum Vorschein bringt. Erst Gebrauch und Verwitterung machten ihm die Dinge angenehm.
Er hatte die Eigenheit, alles, was er zusammenstellte, lange und ausführlich zu betrachten. Er drehte den Kopf bald auf die eine, bald auf die andere Seite, stellte etwas um, rückte etwas nach links oder nach rechts, versank wieder in Betrachtung. War etwas am Abend vollendet worden, so verrichtete er am folgenden Morgen davor eine Andacht.
Im Gegensatz zu Stockhammer glaubte er, man dürfe keine Pläne machen, müsse vielmehr Dinge herbeischleppen, sie nach verschiedenen Seiten herumdrehen, abwarten, ob sie vielleicht miteinander sprächen, und wenn nicht, sie wieder hinauswerfen. Denn die planmäßige Ausführung, die einem individuellen Geschmack entstammte, begann schon nach kurzer Zeit aufdringlich zu wirken wie eine persönliche Marotte, mit der man täglich konfrontiert wird.
Nihal freute sich wie ein Kind darüber, daß er endlich aufgehört hatte zu *wohnen,* daß er nicht mehr gezwungen war, sich den Regeln eines Hausbetriebes auszusetzen, Fragen zu beantworten, Familienleben wahrzunehmen und sich zu verstellen.

Freilich würde sich auch dieses Schloß langsam wieder der großen Maschinerie annähern, aber vorläufig trieb es noch am Rande dahin, nahezu losgerissen, ausgefranst und beschädigt, wie Ränder zu sein pflegen, einem Verschleiß ausgesetzt, der sie einer zentralen Kontrolle entzieht.

Nihal war sich darüber klar, daß er nur eine Art Übergangs-Verwalter war, den man vorläufig, da er noch nichts verderben konnte, für ein Minimum an Bezahlung gewähren ließ. Je weiter die Erneuerung des Schlosses gedeihen würde, desto deplazierter mußte er wirken. Aber die Zukunft hatte ihn niemals besonders beunruhigt, denn er sagte sich: Irgendwo werde ich atmen, irgendwo essen, irgendwo schlafen, und was das übrige betrifft: wozu sich den Kopf zerbrechen?

In dieser Übergangszeit, als das Schloß auf seinem Weg zur Ruine zu stocken begann, herrschte ein in große Höhen reichendes Nordmeertief, wie der Nachrichtensprecher eine Wetterlage umschrieb, bei der man, durchs Fenster hinausblickend, ein endloses Stück von Sibelius zu hören glaubte.

In verschiedenen Nebenräumen breiteten sich nasse Flecken aus. Manche Wände erinnerten an schmutzige Landkarten, auf denen irgendwelche Imperien unaufhaltsam ihren Herrschaftsbereich vergrößerten. An einigen Stellen tropfte Regenwasser in Krüge und Schüsseln. Obwohl Nihal auf dem Dachboden Gefäße aufgestellt hatte, fand doch das Wasser immer wieder Schleichwege zum oberen Stockwerk.

Nihal war ein systematischer Regenauffänger. Zwar lag er oft stundenlang, in Decken eingehüllt, auf einem Diwan, abwechselnd lesend und schlafend, doch dann erwachte er immer wieder zu schnellen, planmäßigen Aktionen. Er suchte das mittlere Stockwerk vor Nässe zu bewahren, damit sich nicht die Regenflut von oben mit der dumpfen allgegenwärtigen Feuchtigkeit vereinigte, die von unten aus dem Bereich des Schloßteichs durch die Grundmauern aufzusteigen schien.

Manchmal empfand er sich als Tier, das hier seinen Nistplatz bezogen hatte und das Palais nach allen Seiten durchforschte, um kleine Ausbesserungen und Absicherungen vorzunehmen, bevor es sich an einer bestimmten Stelle wieder zum Schlafen verkroch. Dieses Tiergefühl, das ihm seit langem von seinen Spaziergängen her vertraut war, erweckte in ihm die Illusion, er könne die menschlichen Einrichtungen als ein fremdartiges Wesen durchstreifen und für sich benützen. „In diesem

Schloß haust ein Nihal", dachte er, wobei ihm Nihal ein ähnlicher Name zu sein schien wie zum Beispiel Wiesel.

Er dachte an ein Märchen, das die Schloßbewohner einst ihren Kindern erzählt hatten, eine unheimliche Sage von einem *Nihal,* der in böser Zukunft die verfallenden Schlösser bewohnen und zwischen den Überresten ihres Lebens umherspringen würde.

EIN KLASSENVERGESSENER ARBEITER

Nihal hörte verschiedene Arten von Arbeitslärm: dumpfe Schläge, schnelles Gehämmer oder das helle Singen einer Maschine. Wenn eine Gruppe von Monteuren abzog, blieb meistens irgendein Arbeitsgerät zurück, das vergessen worden war. Da niemals jemand wiederkam, der es vermißt hätte, fiel es dem Faktotum Glawischnig zu, der Werkzeuge sammelte und pflegte, als wären es Teile seines eigenen Körpers. Auch die Abfälle, die in großer Zahl übrig blieben, wurden Glawischnigs Sammlung einverleibt.

Nihal lernte bald, das Hämmern oder Sägen Glawischnigs von den anderen Geräuschen zu unterscheiden. Es war unverkennbar wie die Tritte eines guten Bekannten.

Glawischnig arbeitete langsam, doch unermüdlich im Gebälk des Dachstuhls. Manchmal ragte sein Oberkörper aus dem Dach hervor wie der Vorderteil eines Wurms, der sich von unten durchgefressen hatte. Ebensowenig aber, wie man sich von einem einzelnen Holzwurm die Zerstörung einer alten Kredenz erwartet, konnte man sich vorstellen, daß Glawischnig die Reparatur dieses weitläufigen Dachstuhls in absehbarer Zeit zu Ende bringen würde. Glawischnig erinnerte an einen Sklaven, der, zu einer gewissen Souveränität gediehen, seiner Herrschaft treu ergeben ist und die Wechselfälle des Lebens mit ihr teilt, ohne seine Abhängigkeit als schimpflich zu empfinden. Stockhammer, sein Herr und Gebieter, nannte ihn, nicht ohne Selbstgefälligkeit, den „klassenvergessenen Arbeiter". Er hatte ihn für sich erzogen, und nur mit seiner Hilfe konnte er die Aufträge bewältigen, von denen er lebte. Die Einwände Nihals gegen eine solche Behandlung Glawischnigs ließ er nicht gelten.

„Er könnte ja fortgehen, wenn er wollte. Aber er will nicht. Die meisten Menschen sind zur Abhängigkeit geboren", behauptete Stockhammer.

Wenn der Architekt mit seinem verbeulten Wagen auf dem Bauplatz vorfuhr, holte Nihal eine Schnapsflasche und füllte drei Gläser. „Glawischnig!" schrie Stockhammer. Vom Dachstuhl hörte man einen Laut, der Befriedigung und Zustimmung ausdrückte.

Nach einiger Zeit erschien Glawischnig in seiner langsamen Art und begrüßte Stockhammer mit einem breiten Grinsen. Auch wenn er kaum jemals einen zusammenhängenden Satz hervorbrachte, verfügte er doch über eine gewisse durchtriebene Schlauheit. Saßen sie dann zu dritt beim Schnaps oder beim Wein, so schien er genau das Gespräch zu verfolgen, ohne daß man je erfuhr, wie viel er davon aufnahm. Vielleicht hatte er sich im Lauf der Zeit eine eigene Methode zurechtgelegt, die Sätze Stockhammers zu interpretieren.

„Glawischnig versteht alles“, sagte Stockhammer.

Er und Glawischnig paßten wohl deshalb so gut zusammen, weil sie beide etwas Atavistisches an sich hatten. In ihnen verkörperten sich noch Formen, über die das Leben hinweggegangen war. Genausowenig wie Glawischnig als regulärer Arbeiter gelten konnte, ähnelte Stockhammer einem regulären Architekten. Sie suchten sich gewisse Schlupfwinkel, wo sie in ihrer anachronistischen Lebensart überdauern konnten, ohne mit den modernen Produktionsweisen direkt in Konflikt zu geraten: Stockhammer als Restaurator alter Gebäude und Glawischnig als ein Handwerker alten Schlags, der sich als Maurer, Tischler und Schmied in gleicher Weise bewährte.

Was Stockhammer *klassenvergessen* nannte, war Glawischnigs totaler Mangel an politischem Interesse. Von den Weltereignissen hörte er nur gerüchteweise. Niemals las er Zeitungen. Vielleicht reichte seine Lesegeschwindigkeit nicht aus. Abgesehen davon schien es ihm aber völlig gleichgültig zu sein, wer regierte, solange nur Stockhammer für ihn die oberste Instanz verkörperte.

Nihal fand das erbärmlich. „Wozu braucht er politische Kenntnisse?“ sagte Stockhammer. „Er würde daraus Schlüsse ziehen, die falsch sein *müssen*. Oder er würde einfach die Phrasen übernehmen, die in der Zeitung stehen.“

Glawischnig kam und ging, wie es ihm beliebte. Eine geregelte Arbeitszeit gab es für ihn nicht. Stockhammer konnte allerdings sicher sein, daß Glawischnig mehr als vierzig Stunden in der Woche arbeitete. Manchmal beendete er eine Arbeit, in die er sich vertieft hatte, erst, wenn ihn das schwindende Licht dazu zwang. Man mußte ihn nur in Ruhe lassen. Kamen fremde Leute in seine Nähe, so zog er sich bald zurück. Er war außerordentlich menschenscheu, und nichts konnte ihn schneller vertreiben als andere Handwerker oder Monteure, die sich neben ihm zu schaffen machten. In dieser Beziehung ähnelte er jenen Dilettanten, die sich mit ihrer Kunst sogleich aus dem Staub machen, sobald Experten auf den Plan treten.

Glawischnig hatte für sich und seine Frau im Lauf der Jahre ein Haus gebaut. Die Techniken des Bauens, Zimmerns und Installierens beherrschte er ebenso vollkommen wie Stockhammer, doch fehlte ihm jeder Sinn für Proportionen. Weil er aber Stockhammer und dessen Kunstsinn verehrte, lauschte er ihm gewisse Feinheiten ab. Wie der Zauberlehrling hatte er, in Abwesenheit seines Meisters, bestimmte Kunststücke wiederholt. Von außen merkte man nicht viel, doch im Inneren seines Hauses sah man eine absurde Mischung aus alten und neuen Elementen. Wie es Sonntagsmaler gibt, so war Glawischnig ein Sonntagsbaumeister. Die verschiedensten Dinge, meist Geschenke Stockhammers, verbanden sich hier mit anderen, im Verlauf der langen Bauzeit erworbenen Requisiten und Fertigteilen zu erstaunlichen und skurrilen Konglomeraten.

Wegen der intimen Eigenart seines Baus lud Glawischnig auch nur selten andere Leute zu sich ein. Jemandem die Tür zu öffnen, das hieß schließlich für ihn: sein Inneres entblößen.

Stockhammer fiel es am Anfang besonders schwer, Zutritt zu finden: Der Zauberlehrling ist ja immer bestrebt, gerade vor dem Meister jene Dinge zu verbergen, die er ihm abgeschaut oder entwendet hat.

Zuerst bekam Stockhammer nur das Gästezimmer zu Gesicht; nach und nach gelang es ihm aber, das ganze Haus zu erforschen. Er photographierte zahlreiche Winkel und Details und verwahrte die Bilder in einer Schachtel mit der Aufschrift: „Glawischnigs gesammelte Werke".

Nihal empfand Ekel vor dieser Sammlung. Er sagte aber nichts davon zu Stockhammer, denn es widerstrebte ihm, in andere Verhältnisse einzugreifen oder irgendjemanden zu verurteilen. Von allen Berufen, die ihn abstießen – und er fand Berufe überhaupt abstoßend –, erschien ihm der eines Anklägers oder Richters am unheimlichsten.

Eine andere, nützliche Eigenschaft, die Glawischnig von seinem Meister übernommen hatte, war die Vorliebe für gute Küche. Glawischnigs Frau, an und für sich zum Kochen talentiert, entwickelte unter dem Einfluß Stockhammers besondere Fähigkeiten. Dieser wußte bei allen Delikatessen, wo man sie am besten kaufte, und von jeder Fahrt, die er beruflich unternahm, brachte er Verschiedenes mit. Er vergaß dann nie, Glawischnigs Frau zu beschenken und mit ihr die Zubereitungen zu besprechen. Manchmal, wenn Glawischnig in der Nähe arbeitete, fuhren die

beiden, Stockhammer und Glawischnigs Frau, mit einem Mittagessen, das sie in einer Wärmetruhe verstaut hatten, zur Baustelle.
Die Reichhaltigkeit des Mittagessens und der Getränke war meistens so groß, daß die weitere Arbeit auf den nächsten Tag verschoben werden mußte.
„Umso besser," sagte Stockhammer, „Arbeit ist eine Strafe. Man ißt nicht, um zu arbeiten, sondern man arbeitet, um zu essen."

NACHTSPIELE

Nihal hatte sich ein Moskitonetz besorgt. Leider gehörte er nicht zu jenen Menschen mit tief eingebetteten Nerven, die friedlich schnarchen, während die Mücken ihre kleinen Blutportionen abholen, zu den Dicken, von denen Caesar spricht, die leben und leben lassen.
Er horchte auf Frösche und Grillen. Oder auf den Regen, den die erneuerten Röhren nun wieder ableiteten und verschluckten. Der Wind erzeugte ganze Serien von Schloßgeräuschen. Er blies durch die vielen, immer noch undichten, zerbrochenen und nur notdürftig verbarrikadierten Fenster ins Innere des Schlosses und erweckte die beweglichen Teile zu puppenartigem Leben.
Dieses Spiel der Witterung mit menschlichen Requisiten, mit aufgegebenen oder vernachlässigten Dingen, hatte Nihal seit jeher fasziniert, denn es zeigte, wie harmlos und beiläufig es zugeht, wenn unsere Spuren verwischt werden, seien es die Reste eines Hauses, einer Stadt, einer Zivilisation, seien es die letzten Unterkünfte auf dem Planeten. Dies alles wird sichtbar an einem Brett, das der Wind lockert, bewegt und schließlich abreißt, das die Schwer-

kraft hinunterzieht und die Feuchtigkeit zersetzt.

Nihal fühlte rings um sich die Größe der leeren Trakte, der öden Räume und verwahrlosten Treppen. Der Luftzug brachte undefinierbare Gerüche, die den Eindruck von etwas Bekanntem hervorriefen und das Erinnerungsvermögen quälten, als wollten Moleküle der Vergangenheit zerfallene Verbindungen regenerieren.

Das Wasser suchte die vertikalen, die Luft die horizontalen Durchgänge durch das Schloß. Wenn der Wind sich verstärkte, blies manchmal ein kleiner Nebenstrom, der einen komplizierten Weg durch verschiedene Ritzen gewählt hatte, über Nihals Gesicht und trug die ausgeatmete Luft mit sich fort.

Die Schloßkammer wurde ihm bald vertrauter als seine früheren Mietwohnungen mit ihren Vorschriften und Familiengeräuschen. Während er dort seine Sinne gegen alles verschlossen hatte, richtete sich hier seine Aufmerksamkeit auf jeden Eindruck, und keiner war langweilig oder banal.

Manchmal zerstörte der Lärm eines Flugzeugs die Nachtstimmung. Dann war es ihm, als würde ein großes Zelt über seinem Kopf von

einer Seite zur anderen durchgerissen: Ein überraschender Einbruch, der die ganze Szene veränderte.
Vielleicht war es eine Verkehrsmaschine, die eine Ladung Touristen nach Süden transportierte, in Urlaubsquartiere, die gerade von einer anderen Ladung geräumt wurden. Oder vielleicht war es diese andere Ladung, die man wieder nach Norden zurückbrachte.
Aber solche Unterbrechungen kamen selten. Und der Riß im Nachthimmel war bald wieder vernäht; die gröberen Stiche wurden von Fröschen ausgeführt, die feineren von Grillen oder von den Gelsen, die das Moskitonetz umkreisten.

Allerdings konnte Nihal auch selbst eingreifen und die Nachtstimmung zerreißen. Dazu genügte ein Griff nach dem Kofferradio, das er zuweilen einschaltete und im Dunkel laufen ließ. Die Stimmen drangen dann zu ihm wie aus einer fremden Welt. Er stellte sich vor, wie er diese Welt mit einem Raumschiff umkreiste und ihr Geplapper belauschte.
Besonders liebte er Predigten, Betrachtungen, politische Diskussionen und Kulturperspektiven. Er hatte das Timbre jener Stimmen erforscht, in denen sich das Edle, Moralische

und Gerechte annonciert. Er entdeckte verschiedene Phänomene, zum Beispiel einen gewissen Klang des *ei*, der sich bei allen Priestern fand. Er studierte die Spielarten des Lehrhaften und Demagogischen: den Nachdruck, das Dominieren, das Auftrumpfen, das Grollen, das Drohen, das höhnische Schneiden und die klug berechnete Ironie.

An all diesen Tönen haftete, nach Art von Schwielen, der Dialekt einer bestimmten Kinderstube, und es war einzig und allein dieser Beiklang, der in seiner unbewußten Armut und Primitivität etwas von der Wirklichkeit und vom Wesen der Sprecher enthüllte, das zum Inhalt der Sätze in absurdem Widerspruch stand.

Waren die Menschen nicht, wie die Affen im Käfig, unfreiwillige Komödianten? Er konnte sich Zuschauer vorstellen, überlegene Wesen mit hochentwickelten Beobachtungsgeräten, für die der Planet Erde als eine Art Zoo figurierte. Vor den Menschengehegen sammelten sich die Kinder dieser Wesen, lachten und zeigten mit den Fingern auf die Insassen.

Während die Stimmen der Menschendarsteller den Raum erfüllten, lag Nihal auf dem Rücken, horchte im Dunkel auf die Komödie der Tonfälle und imitierte einzelne Passagen, um der vollen Bedeutung auf die Spur zu kommen. Der Inhalt der Sätze lieferte nur den Kommentar zur eigentlichen Botschaft. Manchmal war er der aufmerksamste Zuhörer eines bestimmten Vortragenden, obgleich dieser sich alles eher gewünscht hätte als eine solche Aufmerksamkeit.

Wenn er dann abschaltete und wieder auf das Quaken und Zirpen horchte, verglich er dieses Geräusch mit dem eben gehörten und empfand das Angenehme und Angemessene der tierischen Laute.

An seinem Moskitonetz sirrten die Mücken, als wäre es ihnen völlig unbegreiflich, warum die schöne Blutquelle, die sie da witterten, ihrem Zugriff entzogen sein sollte.

Und Nihal sagte: „Es tut mir leid."

Wenn Stockhammer glaubte, er könne den Schloßherrn hypnotisieren, so überschätzte er die Wirkung bloßer Worte. Meyer-Nimmfür hörte zwar zu und schien auch beeindruckt, doch im Hintergrund seines Bewußtseins sammelte sich ein Mißtrauen, das von allem, was Stockhammer sagte, nicht vertrieben werden konnte. Es wurde von Äußerlichkeiten hervorgerufen, an die Stockhammer überhaupt nicht dachte, die aber für Meyer-Nimmfür im Grunde aufschlußreicher waren als jede Beredsamkeit. Der Zustand des Wagens und der Kleidung des Architekten, die unrasierten Stellen über dem Kragen, seine Art, sich zu bewegen, zu sprechen und in die Rede zu fallen, sein mangelndes Gefühl für Rangordnungen und Besitzverhältnisse – all dies erregte in Meyer-Nimmfür den Verdacht, er habe es hier mit etwas Unsolidem, Levantinischem zu tun, mit einem Hochstapler, dessen suggestive Vorschläge der Grundlage entbehrten.
Er zog deshalb auf diskrete Art Erkundigungen darüber ein, ob der Ruf Stockhammers als Fachmann, der altes Gemäuer für bedeutende Persönlichkeiten adaptiert, wirklich begründet war. Nur die Namen berühmter Sänger, Diri-

genten und Regisseure konnten ihn einigermaßen über den Anblick von Stockhammers altem Auto hinwegtrösten, das durch den ständigen Transport von Antiquitäten und Baustoffen, aber auch durch Erd- und Pflanzenfuhren gezeichnet war.

Meyer-Nimmfür hatte ein instinktives Mißtrauen gegen Leute, die irgendwo selbst zugriffen oder irgendwelche Fuhren selbst besorgten. Darin lag für sein Gefühl etwas Unanständiges oder Ungehöriges. Jeder an seinen Platz! Für Transporte waren Transportfirmen zuständig. Er war es gewohnt, mit Leuten zu verkehren, die an Schreibtischen und Telefonen saßen, entsprechend gekleidet waren und sich so verhielten, wie ihre Berufsbezeichnung es vorschrieb.

Wer keinen Sinn für Grenzen und Einteilungen hat, für Ressorts und Sektoren, der ist *taktlos*. Und man darf sogar vermuten, daß er nicht nur taktlos ist, sondern auch die nächste sich bietende Gelegenheit ergreifen wird, die Grenzen zu überschreiten und die Ordnungen zu untergraben.

Es machte den Schloßherrn nervös, wenn er Vorschläge Stockhammers akzeptieren mußte, ohne daß ihm dazu vernünftige Einwände und Abänderungen einfielen. Fügte er sich den

Ratschlägen eines Menschen, die er in gewisser Weise buchstäblich als *Schläge* empfand, so war er immer bestrebt, wenigstens auf andere Art zurückzuschlagen, um das Gleichgewicht der Kräfte zu erhalten.

Den ersten dieser Schläge führte Meyer-Nimmfür mit Hilfe seiner Freundin Lilo, die Stockhammers ganze Verachtung hervorrief. „*Lilo*", sagte Stockhammer, „ist das überhaupt ein Name? Woher kommt *Lilo*, was soll es bedeuten?"

„Vielleicht", antwortete Nihal, „soll es eine Abkürzung von *Lieselotte* sein."

Stockhammer bezeichnete derartige Abkürzungen als Verstümmelungen. Schon Lieselotte sei ein lächerlicher Name, wie überhaupt all diese Doppel- und Bindestrichnamen, die weder Fisch seien noch Fleisch. So etwas müsse dann natürlich verstümmelt werden.

Was Stockhammer aber ganz besonders aufbrachte, war die vollkommene Eigenschaftslosigkeit Lilos.

„Die neueste Erfindung der kosmetischen Industrie", sagte er, „sind lebende Plakate. Und eines davon heißt Lilo."

Überall, wo sie sich niederließ, sammelten sich Fläschchen, Tiegel, Dosen, Tuben, Seifen, Schmink- und Puderkästen, ein ganzes Instrumentarium, das alles auszudrücken schien, was Lilo zu sagen hatte. Für die Mühe, die sie sich mit diesen Mitteln gab, für den Ernst, den sie dafür aufbrachte und der so tief war, daß kein Scherz ihn je erreichte, erwartete sie sich alle Bewunderung der Welt.

Nihal konnte die Abneigung Stockhammers nicht teilen. Ab einem gewissen Grad äußerer Schönheit gelang es ihm nicht mehr, eine Frau zu verurteilen. Ein bestimmter Augenausdruck setzte für ihn alles außer Kraft, was man jemals aus moralischen oder vernünftigen Gründen gegen sie hätte vorbringen können. Frauen, deren Erscheinung dies zuließ, betrachtete Nihal nicht als Menschen, sondern als magische Wesen. Lilo erinnerte ihn an ein Götzenbild.

Niemand, der unbefangen zusieht, kann die Verwandtschaft kosmetischer Riten mit Kulthandlungen verkennen. Was sich an Altären mit Hilfe von Zaubergeräten abspielt, ist immer ein Götzendienst. Auch der Außenstehende, der den Aberglauben deutlich erkennt, kann sich kaum dem Zauber entziehen, den die rituelle Gestik hervorruft, unterstützt von glänzenden und duftenden Dingen, die hin und her bewegt werden.

Und wie es immer wieder Gerechte gibt, die

den Leuten ihre Kultstätten zerschlagen, so daß Kelche und Tiegel zu Boden stürzen und die Essenzen ausfließen, so kann man sich auch einen Ehemann vorstellen, der den Kult im eigenen Haus bis zum Überdruß erforscht hat und nun seine Wut an einem Schminktisch ausläßt. Nihal aber war kein Gerechter.

Wenn Lilo ihre Parfums und Farben wie auf einem leicht schwankenden Präsentierteller hereintrug (man konnte ihre Art, sich fortzubewegen, nicht mehr als Gehen bezeichnen), dann wurde Nihal an die Priesterin eines fremdartigen Altars erinnert, auf dem noch archaische Opfer vollzogen wurden. Auch der Name Lilo schien zu einem Kultbild zu passen, war gleichsam eine Glossolalie, die man vor ihm anstimmte.

„Sie ist frigid bis in die Knochen!" behauptete Stockhammer, der immer dazu geneigt war, Behauptungen aufzustellen, deren Überprüfung er sich ersparte. Wenn er etwas verdammte, konnte er sich nämlich die Energie oder den Mut schenken, die er dazu gebraucht hätte, es näher zu untersuchen.

Lilo hielt nichts von alten Gemäuern. Es war ihr unverständlich, warum Meyer-Nimmfür das Schloß nicht abreißen und durch ein bequemes modernes Gebäude ersetzen ließ, in dem ihr die verschiedensten Haushaltsmaschinen das Leben erleichtern würden. In den alten Mauern spürte sie eine Art Schüttelfrost. So etwas, sagte sie, könne sie niemals als *Heim* empfinden. Sie lag dem Schloßherrn in den Ohren, er solle wenigstens die *sanitären Anlagen* modernisieren. Wörter wie *Heim* und *sanitäre Anlagen* liebte sie besonders; Meyer-Nimmfür dagegen bevorzugte das Wort *Quadratmeter*.

Sei es auch nur, um Stockhammer zu ärgern, er bestand jedenfalls energisch darauf, daß das baufällige Schloß zunächst einmal ein luxuriöses Badezimmer und eine spiegelnde Toilette erhalten sollte.

So geschah es auch. Stockhammer mußte sich darauf beschränken, die Außenseite der Türen, gleichsam als Tarnung, im alten Stil zu halten, um, wie er sich ausdrückte, die schillernden Obszönitäten zu kaschieren. Er nannte das Badezimmer sogar eine sterile Blaubartkammer, wo Wasser fließe statt Blut, und erfand weitere Übertreibungen, um den ausgekachelten Ort zu charakterisieren, der zum ersten fugenlos sanierten Bezirk des Schlosses geworden war.

„Am Anfang waren das Badezimmer und der Lokus!" rief er aus, „und für Lilo ist das der eigentliche Kern des Schlosses."

MAGISCHE PRAKTIKEN

Um Lilo zu verführen, wandte Nihal eine alte, oft erprobte Taktik an, die ihm allerdings bisher noch keinen einzigen Erfolg eingebracht hatte: Er sprach Lilo niemals direkt an, zeigte nicht die geringste Zuneigung, sondern gab sich im Gegenteil verschlossen und abweisend, als verachte er sie; gleichzeitig aber bemühte er sich, sie durch Gehirnstrahlen zu hypnotisieren.
Wenn diese Strategie auch wirkungslos war, so hatte sie doch den Vorteil, ihm nur ein Minimum an Mut abzuverlangen. Dabei beschäftigte sie die Phantasie und erweckte so den Eindruck, daß er wenigstens irgend etwas unternahm und sich nicht wie Stockhammer darauf beschränkte, von vornherein seine Abneigung bekanntzugeben.

Bei schönem Wetter erschien Lilo manchmal im Park. An einigen Stellen war das Gras gemäht oder ein Beet mit neuen Blumen bepflanzt worden. Inmitten der zarten Farbigkeit des Gartens und der grauen Töne des Schlosses, an dem nur leichte Aufhellungen und Glättungen die erneuerten Teile verrieten, wirkten Lilos Kleider mit ihrem schreienden Gelb,

Grün und Rot wie das Kolorit eines Papageis, der sich aus einem geheizten Käfig in eine ihm fremde, nördliche Vegetation verflogen hat.
Ungeniert hantierte sie am Wagen des Schloßherrn, rüttelte fluchend am Verschluß des Kofferraums, zerrte verschiedene Ausrüstungsgegenstände hervor und schlug den Deckel heftig zu, als wolle sie sich dafür rächen, daß sie gezwungen war, ihre Fingernägel durch profane Handgriffe zu gefährden.
Klappsessel, Streckbett, Sonnenschirm – Ausziehbares, Aufblasbares, Schnappendes und Klappendes setzten scharfe Akzente in eine Umgebung, in der sich wohl zum ersten Mal die Schockwirkungen der neuesten Farben ausbreiteten.
Was hier gleichsam Spritzer und Blasen auswarf, erinnerte Nihal an die giftigen Ausscheidungen der Chemie-Konzerne. Illustrierte Blätter entfalteten dazu die passenden Photos, Reklamen und Kommentare, und aus einem Kofferradio drangen Kaskaden zersplitternder Akkorde und sich überstürzender Tongeräusche.
Während Stockhammer dafür nur Verachtung übrig hatte, wurde Nihal durch dies alles auf eine Weise befremdet, die jede einfache Wertung ausschloß.

Um etwas zu verachten, dachte er, muß man sich vorher damit auf familiäre Art beschäftigt haben. Ihm aber erschienen diese Dinge, so geschmacklos sie sein mochten, als Merkwürdigkeiten oder provozierende Rätsel. Da sie ihm fremd waren, zeigte sich an ihnen ein überraschendes Leben, sei es auch nur ein monströses Wuchern oder der frische Glanz einer Virulenz.

Der tiefe Ernst, mit dem Lilo ihr Instrumentarium handhabte, erweckte in Nihal den Eindruck, sie sei verhext und durch hypnotische Befehle dazu gezwungen, sich an einem absurden Ritual zu beteiligen, dessen Geräte in ihrer Farbigkeit an primitive afrikanische Kulte erinnerten.

Ihren Körper, der mit demselben blinden Ernst einer systematischen Bräunung unterworfen wurde, salbte sie mit einem Öl, dessen Geruch bei Nihal Brechreiz hervorrief. Seit er wußte, wie widerwärtig es ist, eine mit Sonnencreme bestrichene Haut zu berühren oder zu streicheln, stieß ihn allein schon der Anblick eines ölglänzenden Körpers ab.

Gleichzeitig aber faszinierte ihn der Ölglanz auf Lilos Haut. Auf schwer definierbare Art schien er mit dem Hochglanz der Photo-

graphien verwandt zu sein, die sie durch ihre spiegelnden Sonnenbrillen betrachtete.
Nihal, der die Anziehungskraft dieser Bilder nicht empfand, hatte einmal bei einem Friseur durch eine Glasscheibe zwei junge Frauen beobachtet, die gemeinsam in Illustrierten blätterten. Sie saßen zwischen spiegelnden Geräten, bunten Plakaten und gläsernen Wänden, versunken in glänzende Ornamente aus Leibern und Waren. Erst bewegten sich die Lippen der einen, dann die der anderen, sorgfältig geschminkte Lippen, aus denen Worte, Ausrufe, Sätze kamen, die gerade dadurch, daß Nihal sie nicht hören konnte, eine ganz neue, gespenstische Wirkung hervorbrachten. Er wurde von einem flüchtigen Grauen berührt. Der elegante Salon verwandelte sich für einige Augenblicke in ein dämonisches Kabinett, bevölkert von fremdartigen Puppen, die ihn trotz ihrer grauenhaften Züge unwiderstehlich anzogen.
Das Schillern von Lilos Sonnenbrillen rief diese Erinnerung in ihm wach. Dazu wandte sie ihren Kopf hin und her, versunken in die primitive Bilderschrift wie in einen liturgischen Text.
Unter dem Vorwand, irgendeine Arbeit auszuführen, machte Nihal auf seine Gegenwart

aufmerksam: Er ging zum Beispiel mit einer Gießkanne an Lilo vorbei, als sei in seinem geregelten Tages- und Arbeitsablauf die Zeit des Blumengießens gekommen. Bedeutsame Tätigkeiten vorzutäuschen, gehörte überhaupt zu den Listen, mit denen er manchmal versuchte, sich den Anschein eines gewöhnlichen Menschen und arbeitenden Bürgers zu geben, obgleich er noch niemals ein ernsthaftes Geschäft in Betracht gezogen und auch gar nicht die Absicht hatte, dies jemals zu tun. Wenn er solche Tätigkeiten vortäuschte, konnte es freilich, zum Beispiel beim Blumengießen, geschehen, daß irgend etwas getan, in diesem Fall also die Blumen begossen wurden, weil es doch zu auffällig gewesen wäre, mit einer leeren Gießkanne nur so zu tun, als würde er gießen.

Kam er an Lilo vorbei, so geschah das natürlich in gehörigem Abstand. Er gab sich den Anschein, sie überhaupt nicht zu bemerken. Dabei spielte er mit der Vorstellung, seine Erscheinung könne auf Lilo eine eigenartige Wirkung ausüben, kraft einer unbekannten Energie, die von ihm abstrahlte, wenn er die Parkwege entlangging. Manchmal glaubte er selber die Radioaktivität zu empfinden, die er emittierte, doch hatte er noch niemals beobachtet, daß

irgend ein anderer dafür empfänglich gewesen wäre.
Er konnte sich nicht dazu überwinden, mit Lilo ein Wort zu sprechen, das über die alltäglichsten Formalitäten hinausgegangen wäre. Er hörte sie auch zu Meyer-Nimmfür nichts anderes sagen als die dürftigsten Sätze. Sobald sie zu sprechen begann, zerstörte sie die Illusion, die ihr Anblick hervorrief. Man hatte den Eindruck, daß Teile ihrer Psyche amputiert oder verstümmelt worden waren. Sie gebrauchte Worte und Wendungen, die ganz ungeniert die häßlichsten Seiten ihrer psychischen Konstitution enthüllten. Dabei fühlte Nihal zuweilen, wie ihm das Blut ins Gesicht stieg. Hätte er eine hellere Hautfarbe gehabt, er wäre für sie errötet. Ihre Augen dagegen schienen eine Sprache zu kennen, die niemals über ihre Lippen kam. Unter der Wirkung von Alkohol wurden sie größer, als witterten sie ungewisse Jagdgründe:

Son doux œil est agrandi
Après le cherry-brandy.

Um in diese Jagdgründe zu gelangen, hätte man ihr vorher die Alltagssprache herausreißen oder zerstören müssen. „Man müßte sie knebeln“, dachte Nihal.

Er hütete sich davor, in ihrer Gegenwart etwas Bedeutsames zu sagen. Sie würde ihn nur für überspannt und verrückt gehalten haben, für einen Erfinder unbrauchbarer Bilder oder für einen Neunmalklugen, dessen Stellung deutlich genug bewies, wie weit er es mit seinen Weisheiten gebracht hatte.

Wenn Stockhammer etwas sagte, was sie nicht verstand, so warf sie ihm böse Blicke zu und versuchte, Meyer-Nimmfür davon abzubringen, dem nutzlosen Propheten sein Ohr zu leihen. Meyer-Nimmfür sollte ihm das entgegensetzen, was sie als *Klartext* bezeichnete. War denn dieses Hinhorchen standesgemäß für einen Mann wie ihn? Nur wer über entsprechenden Einfluß verfügt, kann verlangen, daß man auf ihn achtet, auch dann, wenn er Unverständliches spricht.

Indem er noch zuhörte, folgte Meyer-Nimmfür, seitdem er Stockhammer genauer kannte, nur einer Konvention der Höflichkeit. In Gegenwart Lilos freilich zeigte er durch zerstreute Herablassung, daß die romantische Vorstellung von einem geistigen Duell zwischen Männern verschiedener Einkommensklassen keinen eigentlichen Kurswert mehr hat. Im Interesse eines zivilisierten Umgangs durfte er sich ruhig auf theoretische Argumente einlassen oder sie

wohlwollend quittieren. Sie verpflichteten ihn zu nichts und blieben ganz ohne Folgen.
Stockhammer übersah alles Mißfallen, das er hervorrief, all diese Winke mit den Augen und diese kaum wahrnehmbaren, gleichsam atmosphärischen Störungen, die zwischen Teilnehmern einer Unterhaltung entstehen und den Mißmut ankündigen, mit dem alles gehört oder überhört wird, was nicht den Gewohnheiten oder der Eitelkeit schmeichelt.
Nihal fühlte die feinen Unmutsbewegungen, sah sie in den Augen, an den Lippen, hörte sie im Atem. Und manchmal identifizierte er sich mit Lilo, wandte sich innerlich gegen Stockhammer, diesen Schwätzer, der immer noch versuchte, irgendwelche Wahrheiten, um die ihn niemand bat, als leere Luftschwingungen von sich zu geben, jedes Wort eine Beleidigung Lilos, die doch nur darauf wartete, Komplimente zu hören, mit denen sie ihre Phantasie auf angenehme Art beschäftigen konnte.
Wie erfreulich waren – verglichen mit den häßlichen Mundbewegungen, die sich mit Wahrheiten abquälten – die Schwankungen der Äste vor dem Schloßfenster, das Flattern der Blätter und die Lichtreflexe!
Nihal schwieg und rauchte, rauchte und schwieg. Er stellte sich vor, Lilo zu hypnotisieren. Was

lag ihm daran, ihre psychischen Komplikationen, falls es sie überhaupt gab, zu erfahren? Er wollte sie in magische Epochen zurückversetzen, ihre verstümmelte Psyche zerstören. Zwar glaubte er selbst nicht an seine Fähigkeit als Magier, aber wenn die Zauberei auch nichts nützte, so war sie doch eine anregende, unschädliche Beschäftigung.

Er lag zum Beispiel im Bett und stellte sich vor, wie langweilig und unausstehlich Meyer-Nimmfür für Lilo geworden war.

„Steh auf und wandle!"

Diesen Befehl übermittelte er durch die dicken Schloßmauern mit Hilfe eines gerichteten Strahls.

Dann wartete er darauf, daß Lilo, durch unwiderstehliche Macht herbeigezogen, plötzlich an der Tür kratzen und, sobald er öffnete, mit gelähmten Stimmbändern wie eine Schlafwandlerin zu ihm hereinkommen würde: eine archaische Sklavin aus der Zeit vor der Sintflut.

Als nichts dergleichen geschah, begann er, ein Märchen aus Tausendundeinernacht zu lesen.

EIN NEUER TASSO

Beim Ersteigen der Treppe ergeben sich unerwartete Schwierigkeiten. Störend wirkt vor allem ein Degen, der an Nihals Gürtel baumelt. Früher saß der Gürtel straff, jetzt hängt er lose am abgemagerten Körper. Der Degen verfängt sich an den Stufen, sperrt sich schräg gegen den Bauch, gerät zwischen die Schienbeine. Und er hat die Hände nicht frei, weil er sein Werk schleppen muß.

Nur mehr der Degen erinnert an die Zeit, als er noch an der Tafel saß und jedes seiner Worte Erstaunen hervorrief. Die ersten Strophen seines Werkes, die jetzt halb verlöscht sind, weil er sie monatelang der Witterung aussetzte, galten als großes Versprechen.

Schließlich aber glaubte niemand mehr daran, daß er sein Werk vollenden würde. Aus Mitleid ließ man ihm den Degen, stellte ihm täglich die Suppe hin. Das Personal zeigte auf ihn mit den Fingern.

Als er sagte, er müsse seine Worte dem Regen aussetzen, müsse Wurzeln, Blattrippen, Erde, Steine und Teile von Insekten in sein Werk einarbeiten, betrachtete man ihn als Irren. Niemand verstand seinen Kampf gegen tote Worte.

Und jetzt, nach Jahrzehnten, ist das Werk vollendet.

Auf welche Art – das erscheint ihm selbst rätselhaft. Wie die Erdkruste ist es teilweise trocken, teilweise wasserdurchtränkt. Daher auch sein großes Gewicht.

Am oberen Ende der Treppe steht die Gräfin wie eine Statue.

Sie beobachtet seine Anstrengungen, die Treppe zu ersteigen, sein Stolpern über den Degen, seine Bemühungen, das Werk mit den Händen festzuhalten. Sie lächelt nicht einmal. Vielleicht ist sie nur pro forma herausgekommen, täuscht aus Mitleid eine Zeremonie der Überreichung vor, die mit leerer Mechanik ablaufen wird. Sie trägt Lilos Züge.

Er überreicht das Epos, will es aufblättern, auf wundervolle Stellen hinweisen, die er allein in diesem labyrinthischen Werk zu finden vermag.

Die Widmung besteht aus den vertrockneten Exkrementen eines Säuglings. Ameisen kriechen zwischen den Seiten. Libellenflügel rutschen heraus, zerfallen zu Staub.

Er kann nicht verstehen, wohin die zauberhaften Gebilde, halb aus Worten, halb aus Dingen, diese meisterhaften Partien, die er so genau zu kennen glaubt, verschwunden sein sollen. Immer wieder versucht er, sie der Gräfin zu zeigen, findet aber nichts als vage Hinweise und Überreste.

Der Graf tritt hervor.

Nihal will ihm den Degen überreichen, damit der

Graf ihn „zerbreche". Aber selbst diese letzte eindrucksvolle Geste wird ihm versagt.

Der Degen ist eingerostet und läßt sich nicht aus dem Gehänge lösen. Mit einem schwachen Lächeln, das vielleicht mitleidig gemeint ist, für Nihal aber eine schreckliche Bedeutung annimmt, verfolgen der Graf und die Gräfin, ohne sich zu rühren, seine nutzlosen Anstrengungen.

Hinter den beiden erkennt er nun eine Nische, aus der eine steinerne Büste de Sades schimmert, dessen fahler Kopf mit einem Lorbeerkranz geschmückt ist.

DER LYNKEUS-TURM

An einer Ecke des Schlosses erhob sich über das Dach ein oktogonaler, turmartiger Pavillon, den Stockhammer als Lynkeus-Turm bezeichnete. Blickte man vom Garten aus hinauf, so wirkte dieser Turm ein wenig unorganisch und wie angeklebt, als wäre hier eine kleine Bausünde begangen worden. Aber man gewöhnte sich bald an den Anblick und hätte diese extravagante Zutat wahrscheinlich vermißt, wenn sie plötzlich verschwunden wäre.

Die Bausünden der Alten, meinte Stockhammer, hätten überhaupt, wie auch ihre anderen Fehltritte, einen ganz bestimmten Reiz. Heute gebe es keine Bausünden mehr, sondern nur noch monströse Entgleisungen, und selbst das Ausgewogene sei reizlos, weil man das Gewicht des Unbekannten vergesse. Die alten Baumeister dagegen konnten sich in aller Ruhe kleine Verfehlungen leisten, genauso wie sich ein Bischof eine Mätresse leisten konnte, ohne daß deshalb eine besondere Unordnung entstanden wäre.

Diesen Turm, der besonders stark verwittert war, wie alles, was in den Wind hinaufragt, restaurierte Stockhammer, von Nihal assistiert, mit eigenen Händen, weil, wie er sagte, die

Tischler das Holz und die Maurer die Mauer verdarben. Nur das Blechdach ließ er von einem Spengler erneuern.
Er renovierte das Türmchen, wie ein Restaurator ein altes Kunstwerk wiederherstellt. Dazu verwendete er die verschiedensten Substanzen, die er in Tiegeln, Büchsen, Gläsern, Flaschen, Säckchen und Säcken mitbrachte. Mit Ausnahme der Zementsäcke sahen all diese Behälter aus, als hätte er sie in Antiquitätenläden erworben. Sie waren sämtlich unbeschriftet, denn er haßte alle Firmenbezeichnungen und Anleitungen. So sehr verabscheute er die Firmen, daß er ihre Spuren, wo immer er sie vorfand, auszulöschen versuchte. Er machte sich zum Beispiel die Mühe, ein Glas, das mit einem Etikett versehen war, ins Wasser zu stellen, bis die Bezeichnung davonschwamm.
„Die Stoffe muß man am Geruch und an der Konsistenz erkennen", sagte er. „Wer keine intime Kenntnis dieser Stoffe hat, wer sich zum Beispiel an gedruckte Gebrauchsanweisungen hält, der wird nie etwas zustande bringen. Wenn die Firmen einen Stoff nicht verfälschen, weil es sich nicht rentieren würde, dann verfälschen sie wenigstens die Aufschrift. Alles, was sie drucken lassen, ist Betrug."
In hundert Einfällen, Assoziationen, Ausfällen,

Übertreibungen und Zynismen kam der Haß Stockhammers auf die Geschäfts- und Konsumwelt zum Vorschein. Diese Angriffe, ob sie nun berechtigt waren oder nicht, entsprangen eigentlich einer Frustration, und Nihal verstand sie als Versuche Stockhammers, aus sich eine eindrucksvolle Figur zu machen, die, aus der Gegenwart verscheucht, in der Vergangenheit Fuß faßte.

Nihal machte kaum Einwände, wenn er auch öfters in dem, was Stockhammer sagte, eine merkwürdige Mischung aus Wahrheiten und Illusionen erblickte. Jeder Einwand wirkte auf Stockhammer als Störung, die er durch verstärktes Beharren auf seinem Standpunkt aus dem Weg zu räumen suchte. Da ein Teil seines Ichs aus Aggressionen aufgebaut war, hätte er auch mit bestem Willen seine Ansichten nicht mehr ändern können, ohne zusammenzubrechen oder zumindest das Rückgrat zu verlieren.

Wenn man mit ihm auskommen wollte, mußte man ihm zustimmen oder schmeicheln. Wie alle, die sich für unbestechlich halten, war Stockhammer für Schmeicheleien sehr empfänglich. Nihal schätzte ihn so, wie er war, und dies nicht zuletzt deshalb, weil auch er selbst, so wie er war, von Stockhammer toleriert wurde.

Die Arbeit seiner Finger: darin drückte sich die bessere Seite seines Wesens aus, in diesen schnellen und geschickten Handgriffen von erstaunlich wandelbarer Kompetenz, in denen gleichzeitig eine Behutsamkeit lag, als hätte er es mit lebendigen Körpern zu tun.
Manchmal vertiefte er sich in diese Hantierungen wie ein spielendes Kind, das in einen Tagtraum versinkt und seine Umgebung vergißt. Dabei stieß er zuweilen kurze, unverständliche Worte aus, als unterhielte er sich mit seinen Objekten und Materialien und als wolle er sie dazu überreden, sich seinen Intentionen zu fügen. Oder er sprach insistierende Sätze, wie zum Beispiel: „Na komm! Na so komm! Na siehst es!“, als spräche er zu einem Tier, das man zähmt.
Wenn er aus diesen Zuständen erwachte, war er vor allem zu Schmähungen aufgelegt. Sie richteten sich insbesondere gegen seine Kollegen, die Architekten, und dann überhaupt gegen moderne Arbeitsformen und Geschäfte.
„Was bekommen sie in die Hand? Autotüren, die sie zuschlagen, Lenkräder, an denen sie reißen, Telefonhörer, an die sie ihr Doppelkinn schmiegen, Schmierstifte, mit denen sie Schraffuren aufs Papier werfen, die sich ausdehnen und alles zu erfassen suchen wie Karzinome.“

Er behauptete, daß in der Art, wie ein moderner Architekt eine Skizze anfertige, wie er Menschen und Bäume als stereotype Kürzel über ein Blatt verteile, alles Verfehlte an unserer Welt sich zeige, und zwar so drastisch, wie kein Wort es jemals auszudrücken vermag.

„Aber die Architekten", sagte Stockhammer, „sind auch unfähig, ein altes Gebäude zu restaurieren. Wenn ein Bau nicht mehr seiner ursprünglichen Bestimmung dient, wenn die Ausstrahlung und die Macht erloschen sind, die er einst verkörperte, so ist es sehr zweifelhaft, ob er überhaupt restauriert werden kann. Vermutlich ist er nur mehr als Mumie zu erhalten. Den Architekten aber gelingt es, die alten Bauten gleichsam fürs Fernsehen herauszuschminken."

Aus dem Lynkeus-Turm, meinte Stockhammer, hätten sie ein übertünchtes Grab gemacht; natürlich nicht sie selbst, sondern ihre indifferenten Arbeiter, die nach einer flüchtigen Anleitung alle Dinge, sofern sie nicht durch Beton ersetzt wurden, überspritzten und zupappten.

Stockhammer verstand sich darauf, Holz und Mauerwerk so zu erneuern, daß die alten Strukturen und Runzeln nicht verwischt wurden. Das Alter der Dinge, die versinken wollten, bekam dadurch einen eigenen Ausdruck. Rippen und Unebenheiten, in Jahrhunderten entstanden, wurden nicht zugestrichen, sondern sorgfältig bewahrt. Die Farben bereitete Stockhammer selbst nach alten Rezepten. So behielt das Gebrauchte und Abgetretene seine Physiognomie.

Vor allem an schönen Herbsttagen, wenn der Föhn über die Alpen kam, lag ein eigenartiger Schimmer auf diesen erneuerten Formen, der Widerschein einer heiteren Dekadenz, in der sich das erstaunliche Fingerspitzengefühl Stockhammers ausdrückte.

Er war ein Meister der Einfühlung, konnte wie ein Schlafwandler die Wege entdecken, die Spuren einer längst untergegangenen Welt wieder sichtbar machen, aber dafür fehlten ihm die Kraft und die Unverfrorenheit, etwas Eigenes hervorzubringen, und deshalb mußte er auch ständig Beweise dafür finden, daß alle Versuche seiner Kollegen fehlschlugen, ja fehlschlagen mußten.

Nihal verstand nicht recht, warum und für wen eigentlich der Lynkeus-Turm so sorgfältig renoviert werden sollte. Meyer-Nimmfür würde die Nuancen, auf die es hier ankam, überhaupt nicht wahrnehmen. Man konnte ihm zwar erklären, was unter *stilecht* zu verstehen war, und

er würde dann seine Gäste gehörig darauf hinweisen, um sich vor ihnen als Kenner geistiger Werte zu entpuppen, als höherer Manager, der dies alles so befohlen hatte. Doch weder er noch seine Gäste würden jemals die Feinheiten bemerken, mit denen nur wenige Genießer und Sonderlinge etwas anfangen konnten, Exemplare einer aussterbenden Gattung.
Stockhammer meinte, man solle sich nicht mit der Frage herumschlagen, für wen etwas getan werde. „Wir tun es für uns. Zu unserem Vergnügen. Ich bin dankbar, daß ich keinen Wohnblock entwerfen muß. Die Arbeit an diesem alten Turm ist angenehm und schadet niemandem. Wir selbst werden hier sitzen. Auch wenn wir nur fünf oder sechs Abende auf diesem Turm verbringen und wenn man uns nachher hinauswirft, so genügt auch das.“

Von den Turmfenstern konnte man zur Autobahn hinübersehen, die allerdings so weit weg war, daß kein Laut herüberdrang. Nur das Glitzern der Wagen in der Sonne oder das Lichterband bei Nacht verrieten den ununterbrochenen Verkehr, der nach zwei entgegengesetzten Richtungen strömte, als wollten sich all diese Verlagerungen von Personen und Waren im Durchschnitt selbst aufheben.

„Was dort glitzert“, dachte Nihal, „gehört zu dem, was man als *Ernst des Lebens* ausgibt.“
Er stellte sich vor, er würde mit den Augen eines Schloßbewohners vergangener Jahrhunderte dort hinüberblicken, eines Fassungslosen, der, so sehr er auch die Augen anstrengte, die ihm fast aus den Höhlen traten, nicht erraten könnte, was dieser glitzernde Streifen zu bedeuten hatte. Vielleicht würde sich ihm die Vorstellung aufdrängen, daß dort drüben etwas Unheimliches vor sich ging, eine nicht-menschliche, dämonische Aktivität fremdartiger Wesen, deren Absichten undurchschaubar blieben.

DER ZUBRINGER

Von der Autobahn dringt plötzlich Lärm herüber. Nihal, der zum Lynkeus-Turm hinaufsteigt, sieht große Baumaschinen, die mit umfangreichen Arbeiten begonnen haben. Man hört das Niederbrechen von Bäumen. Quer durch den Wald bildet sich in Richtung des Schlosses eine Schneise. Die Bäume stürzen mit erstaunlicher Präzision in die neu entstehende Lichtung, die sich schnurgerade fortsetzt.
Nihal erkennt plötzlich eine riesenhafte Maschine. Er erinnert sich, daß er von ihr in der Zeitung gelesen hat: Es ist die neue Rodungsmaschine, die für Dschungelgebiete entwickelt wurde.
Nach Art einer Fräse durchschneidet ihr vorderer Teil die Stämme, Greifer erfassen die stürzenden Bäume, die auf der Oberseite der Maschine sogleich zerkleinert werden und in ihrem Inneren verschwinden. Nihal weiß, daß die Energie für diese Arbeit aus den Baumstämmen stammt: Das Gefährt kann sich, ohne zu tanken, endlos durch Wälder fressen, weil es sich von Holz ernährt.
Obwohl Nihal zunächst Abscheu empfindet, kann er doch nicht umhin, die Wirkungsweise einer Maschine zu bewundern, die fähig ist, ohne irgendwelche Überreste zu hinterlassen, eine Bahn durch den Wald zu schneiden.
Auf ihren Spuren folgt eine zweite Maschine, die den

Straßenbelag aufsetzt. Sie ist vielleicht 50 m lang, doch nicht starr, sondern beweglich wie eine Raupe. Sie scheint große Hitze zu entwickeln, denn immer wieder verschwindet sie in Rauchwolken und versengt auf beiden Seiten die Vegetation. Wird der Straßenbelag aufgegossen? Offenbar besteht er aus einem heißflüssigen Material, das hinter der Maschine, an manchen Stellen noch rauchend, erstarrt.
Nirgends sind Menschen zu sehen, die diese Maschinen steuern. Vielleicht sitzen sie auf dem Kommandoturm, den man drüben an der Autobahn errichtet hat. Er erinnert an den Wachtturm eines Gefangenenlagers.
Die Macht und die Ruhe der vorrückenden Maschinen erscheinen unerschütterlich. Wer sich ihnen entgegenstellte, würde als Material in die Straße eingebaut werden.
„Ein Zubringer", flüstert Nihal.

PRINZ FADENSCHEIN

Nihals Karriere erreichte immer dann einen Höhepunkt, wenn das Wetter trocken war und die Ansprüche der Gesellschaft auf ein Minimum sanken.

Der Oktober brachte nicht nur klare Föhntage, sondern auch eine wohltuende Abwesenheit Meyer-Nimmfürs, der im Norden von bedeutsamen geschäftlichen Ereignissen gefesselt wurde, von einer *reizenden Rezession,* die Nihal ihm wünschte, oder von derem Gegenteil, das auch willkommen war. Nihal, der den Wirtschaftsteil der Zeitungen sogleich in den nächsten Papierkorb warf, konnte davon nichts wissen.

In diesem Oktober, als Nihal Schloß und Wetter für sich hatte, kam Stockhammer, der gerade anderswo arbeitete, manchmal auf Besuch und brachte Fleischstücke, Wein, Salate, auch eine oder zwei Frauen.

„Prinz Fadenschein!" rief er, nachdem sein Wagen mit unverkennbarem Rumpeln vorgefahren war, „eine Überraschung!"

Wurde Nihal durch diesen Lärm nicht aufgeschreckt, weil er irgendwo in entlegenen Räumen oder im Garten steckte, begann Stockhammer die Zugglocke zu läuten. Sie gehörte zu den ersten Dingen, die er sorgfältig restauriert hatte. Wie ein Kind versäumte er keine Gelegenheit, ihren altmodischen Mechanismus zu betätigen.

Nihal kam herbei wie ein zur Fütterung gerufenes Tier. Um sich aber im letzten Moment den Anschein von Würde zu geben, setzte er sich einen verstaubten Halbzylinder auf, den er neben dem Eingangstor aufbewahrte. Er öffnete, lüftete den Hut, verbeugte sich und sprach „Fadenschein" mit feierlichem Ernst.

Die beste Wirkung stellte sich ein, wenn er den Gästen eine von der Gartenarbeit völlig verschmutzte Hand entgegenstreckte. „Citoyen Fadenschein!" sagte Stockhammer dann, „Ihre Arbeiterhand rettet Sie vor der Laterne."

Am Küchenkamin war ein Bratspieß mit Batteriebetrieb montiert worden. Stockhammer lud einen Sack Holzkohle aus. Er spickte das Fleisch, spießte es auf und umwickelte es mit einer Schnur. Die anderen sahen ihm staunend zu: Er glich einem Zauberer, der unzählige Kunststücke einstudiert hatte. Aus seinem Wagen, seinen Rock- und Hosentaschen kam alles Benötigte zum Vorschein: Herbes de Provence, Olivenöl aus Kreta, eine Pfeffermühle, Knoblauch und Salz.

Während das Bratenstück sich drehte, gingen sie im Garten spazieren oder saßen im Lynkeus-

Turm, tranken Wein und führten Unterhaltungen, die mit sprunghaften Assoziationen den Lebensbetrieb aufsplitterten und zu absurden Montagen verbanden. Dazu der einzig tiefe Ernst: der triefende Braten, der in der Küche sich drehte und zu dem Stockhammer zuweilen hinüber- oder hinuntereilte, um ihn neu zu begießen. Nihal behielt seinen Halbzylinder auf und wurde als Prinz tituliert. Stockhammer entwarf die Idee zu einem Maskenfest, das er im Schloß veranstalten wollte, wobei Menschen und Möbel aussehen müßten, als seien sie halb verwittert, eine Aristokratengesellschaft, gleichsam von Schimmel überzogen und von einer Musik bewegt, die, mit Mißtönen untermischt, auf verwahrlosten Instrumenten gespielt wurde.
Während sie sich verschiedene Szenen dieses Faschingsballs ausmalten, aßen sie den Braten, und Stockhammer feierte Prinz Fadenschein in einem Trinkspruch als letzten legitimen Schloßherrn. „Am Ende", sagte er, „erscheint noch einmal der Narr und spricht das Schlußwort."

Dann wieder blieb Nihal lange Tage allein, arbeitete im Garten oder ging lesend spazieren. Bald setzte er sich dahin, bald dorthin, lehnte in einem Fenster, einem Torbogen oder an einem Baum. Fast niemals las er ein Buch von Anfang zu

Ende. Er schlug es irgendwo in der Mitte auf, las sehr langsam einige Seiten, wobei er in der Mundhöhle unsichtbar artikulierte. Das Lesen allein mit den Augen hatte er niemals erlernt.
Dann legte er das Buch auf ein Fensterbrett, an dem die Rippen der Jahresringe hervortraten, oder auf eine Mauer, aus der das Wasser im Lauf der Zeit muschelförmige, von Schatten bewohnte Höhlen gewaschen hatte, und blickte zu den beweglichen Baumblättern hinauf, als bemühe er sich, eine Nachricht zu entziffern, die der Wind dort oben in einem äußerst komplexen Code signalisierte.
Die Pflanzen wurden schon steifer und büßten Feuchtigkeit ein; bald würden die einzigen flatternden Blätter das Laub des Efeus sein, das manche Stämme mit beweglichen Schuppen umschloß.
Indessen hatte der Wind das Buch verschlagen. Wo er stehengeblieben war, las Nihal weiter. Ihn beschäftigten nur solche Bücher, bei denen der Gang der Handlung nicht wesentlich war und die fast an jeder Stelle, wo man sie aufschlug, ihre eigenartige Substanz enthüllten.
Das erinnerte an das Muster der Schatten eines klaren Oktobertags: Die dunklen Stellen sind tiefer und länger geworden; die einen wandern langsam wie Stundenzeiger, die anderen spiegeln

Beweglichkeit; die einen zeigen sich konsequent und wie angekettet, die anderen scheinbar frei, aber doch, bei genauem Hinsehen, ihren Amplituden unterworfen. Über das Grundmuster der langsam bewegten, für das Auge ruhenden Schatten, wird jeweils nach Laune der atmosphärischen Strömung das variable Muster hingesprenkelt. Wenn der Wind sich legt, zeigt das Grundmuster seine Kraft, und man spürt, wie der Herbst zu Ende geht und der Pol sich ins Dunkel neigt.

Nihal arbeitete stundenlang im Garten, befreite alte Rosenstöcke aus dem Wirrwarr, ließ Beete, die an manchen Stellen verschwunden waren, wieder zum Vorschein kommen und mähte verschiedene, von Unkraut durchsetzte Rasenstücke mit einer schartigen Sichel. Er versenkte sich förmlich in diesen niederen Dschungel aus zähen Wurzeln und Gewächsen, die den verwahrlosten Park mit ihren Netzen überdeckt hatten: Die einen zogen ihre weißen Fäden unter der Erde, die anderen rückten oben mit Auslegern vor, bis selbst das Gras besiegt war.

Stockhammer nannte das eine Pflanzendemokratie.

Umwelt und feuchte Witterung hatten die hochgezüchteten Pflanzen nahezu besiegt und nur die Unkräuter begünstigt. Erstaunlich waren Zähigkeit, verkrallte Kraft und Verzweigungsdichte der wilden Wurzeln, die Nihal, soweit es ihm gelang, herausriß, wobei aber immer Fragmente zurückblieben, aus denen das Unkraut nach kurzer Zeit nachzuwachsen begann.

In dem großen Garten wirkten diese Anstrengungen Nihals ziemlich verloren. Doch Stockhammer ermunterte ihn, und weil dies keine ernstzunehmende Arbeit war, wurde Nihal sogar von einem Eifer erfaßt, der auch bei Nacht in Träumen und Halbträumen nachwirkte. Gewisse Teile des Gartens begannen, sich in seinem Gehirn zu reproduzieren: Unkräuter und Gartenblumen durchzogen sozusagen seine Nervenfasern, Bilder erstaunlicher Verwilderung oder Verfeinerung stiegen auf, unvorhergesehene Schäden oder auch prachtvolle Blumenkünste in teils vertrauten, teils neu entstandenen, fremdartigen Beeten.

Dabei kam es Nihal zum Bewußtsein, daß er Gärtner hätte werden können und daß es sinnvolle Tätigkeiten gab, die er versäumt hatte.

„Mach nur weiter“, sagte Stockhammer. „Läßt du nämlich moderne Gärtner in einen Schloßpark, so ist er in einer Woche zerstört.

Übrigens gibt es keine modernen Gärtner. Es gibt Gärtnereibesitzer und Gastarbeiter. Die einen kassieren, die anderen machen sich bei

Arbeiten, von denen sie angeödet werden, die Hände schmutzig. Sie setzen vor allem Lastwagen und Bulldozer in Bewegung. Dabei geht es zu, wie bei den Unternehmungen, die man als *Einsatz* bezeichnet. Das Resultat ist dann kein Garten, sondern eine *Gartenanlage*."

Wie das Schloß, so lebte auch der Park an einzelnen Stellen wieder auf. Aus dem halben Verfall erhob sich da und dort eine schwache Nachblüte. An anderen Orten wurde der Niedergang nur aufgehalten, und Dinge, die schon versinken wollten, schienen sich in der klaren Luft noch einmal zu besinnen.

Die Sonne begünstigte die zaghaften Erneuerungen und trocknete die verwitterten Winkel aus, wo der Schorf aus Spinnweben und Fäulnis entfernt worden war. Das Schloß mit seinen reparierten und seinen tauben Fenstern schien zu sagen: Zehn solcher Monate und ich erhole mich noch einmal. Die neuen Substanzen, Farbe, Mörtel und Kitt, die sich an vielen Stellen gegen die Feuchtigkeit durchsetzten, rochen wie Medikamente.

Etwas von der Klarheit Italiens lag in der Luft. Vergangene Farben lebten auf, die unter den Staubschichten zum Vorschein kamen, wenn der Finger Stockhammers darüber strich.

Die Nässe des Sommers, die jegliche Art von

Korrosion begünstigt und den Garten in eintönigem Grün erstickt hatte, trocknete langsam aus. Die Blätter wurden farbiger, die Stengel filigraner. Fäden des Altweibersommers strichen um die Stirn. Stechmücken starben in der Nachtkälte oder flüchteten sich ins Haus, wo sie ohnmächtig an den Wänden dösten. Auch Heuschrecken kamen herein, und Grillen zirpten nachts in den Zimmern.
Doch Nihal wußte, daß im Norden die Kälte sich langsam festsetzte und daß es einen zweiten Oktober dieser Art weder für ihn noch für Schloß und Garten geben würde.

GARTENKÜNSTE

Im Park sind Blumen von außergewöhnlicher Schönheit entstanden, einzelne Exemplare, an manchen Stellen sogar ganze Felder. Der eigenartige Reiz dieser Blüten, Stengel und Blätter liegt darin, daß ihnen jede Üppigkeit fehlt, jedes Strotzen. Es sind die bekannten Blumensorten, doch verfeinert, gleichsam abgemagert und dadurch beinahe transparent geworden, spröd wie Libellenflügel.

Und ihr Grün spielt ins Blaue. Selbst das Gras wirkt zart und bläulich. Es hält ungefähr die richtige Höhe ein und muß nicht gemäht werden. Alle Unkräuter sind verschwunden.

Dies scheint ein Boden zu sein, denkt Nihal, der keine Unkräuter zuläßt. Ihre Samen verdorren, ihre Triebe sterben ab. Hier ist die Regel außer Kraft gesetzt, nach der das Unkraut die Blumen besiegt. Hier besiegen die Blumen das Unkraut. Dieser Garten reinigt sich selbst, erzeugt selbst einen Humus von tiefer Schwärze.

Die Hand Nihals, die diesen Humus prüft, gleitet leicht in die Erde. Er ist erstaunt, daß sich die Pflanzen in diesem lockeren Boden halten. Er tastet nach Wurzeln und findet feine Gespinste. Man kann sie im Erdreich hin und her bewegen, beinahe wie in einem flüssigen Medium.

Können diese Blumen wandern? Vielleicht treiben sie in langsamen Strömungen, sammeln sich an manchen Stellen und formen diese niemals sich gleichenden Muster, mit denen sie den Boden überziehen. Dann haben sie nicht nur die Fähigkeit, individuelle Konturen zu entfalten, sondern bilden auch soziale Verbände, die sich gleichzeitig zu Formen der Gartenkunst auswachsen.
Nihal greift tiefer in den Boden und stößt ins Leere. Ein unterirdischer Gang?
Doch auch an anderen Stellen, ja fast überall kann man ins Leere hinuntergreifen.
Und er weiß plötzlich: Das sind die Hängenden Gärten.
Woran sie hängen, wie sie sich in der Leere halten, das hat noch niemand erforscht. Und dies ist auch der Grund, warum sie zu den sieben Weltwundern zählen.

Nun aber zeigt sich an einigen Stellen, an einigen mehr oder weniger kreisförmigen Blumengruppen eine Veränderung: Die Pflanzen scheinen auszutrocknen, verlieren ihre Farben, beginnen sich zu bräunen. Sie lassen jedoch weder die Blüten noch die Blätter hängen, sondern werden spröd wie Disteln.
Nihal, der ein schnelles Austrocknen des ganzen Gartens befürchtet, schließt den Gartenschlauch an. Wie ein Feuerwehrmann, der die Brandherde bekämpft, beginnt er die verdorrenden Stellen zu be-

spritzen. Er vermutet, daß der Garten, wegen der Dünne des Erdreichs, ständig berieselt werden muß. Aber dort, wo er hinspritzt, beginnt das nasse, schwer gewordene Erdreich mit den Pflanzen hinunterzubrechen. Im Boden entstehen Krater, die sich ausweiten. Man hört, wie das Wasser hinunterstürzt in sich öffnende Schluchten. In diese sich ständig verbreiternden Löcher und Spalten werden die Hängenden Gärten hinabgezogen und verschwinden an manchen Stellen in trichterförmigen Wirbeln.

ENTFALTUNGEN

Marianne, eine der Frauen, die mit Stockhammer gekommen waren, blieb nach einem der schönsten Herbsttage bei Nihal im Schloß. Er freute sich, daß sie blieb, doch hatte er sie nicht dazu aufgefordert, weil er wußte, daß sie Forderungen nicht liebte. Bat man sie nämlich zu bleiben, konnte man fast sicher sein, daß sie zu überlegen begann, ob es nicht besser sei, zu gehen. Sie schätzte nur Launen, die von ihr selbst ausgingen.

Marianne wurde von einem Eigensinn angetrieben, dessen Ziele man selten erkannte. Es hatte den Anschein, daß sie selbst nicht wußte, wohin ihre momentanen Bewegungen sie führten. Dabei lag in ihrem Wesen etwas Selbstverständliches, Ruhiges. Erhob sie sich, um fortzugehen, so war nichts von jenem zweifelnden Schwanken zu bemerken, das bei den meisten Abschieden die Umrisse der Personen zu verwischen scheint. Wenn sie ging, war sie als Ganzes verschwunden, und wenn sie kam, so war sie im nächsten Augenblick wieder da, ohne erst ihre Fühler ausstrecken und sich erklären zu müssen. Ihr eine Frage mit *warum* zu stellen, schien zwecklos.

Allen Suggestionen setzte sie Widerstand ent-

gegen. Wollte man sie beeinflussen, so drückte ihr Blick eine ungläubige Ablehnung aus, als hätte man auf hinterlistige Weise versucht, sie zu belügen oder zu beschwindeln.
Im großen und ganzen hielt sich Marianne an reiche Männer. Aber irgendeine Kraft schien sie aus den saturierten Bezirken immer wieder an den Rand zu drängen, so daß sie im Reichtum niemals heimisch wurde. Wenn man gehört hätte, sie sei irgendwo als Diebin gefaßt worden, hätte man sich nicht darüber gewundert.

An diesem Abend war es so warm, daß Marianne und Nihal bis zehn Uhr bei offenen Fenstern im Lynkeus-Turm saßen. Sie tranken Wein und blickten manchmal zum oszillierenden Lichtband der Autobahn hinüber. Nihal wußte, daß er es mit anderen Augen sah als Marianne; doch die Art ihres Blicks blieb ihm unbekannt, und jede Frage danach wäre sinnlos gewesen.
Sie verfolgten die Bahn eines künstlichen Satelliten, der sich zwischen den Sternen bewegte. Ein Käuzchen in den Bäumen, bald näher, bald ferner, stieß jene Laute aus, die man klagend nennt, obgleich es sicher nicht der Vogel ist, der sich beklagt.
Plötzlich sagte Marianne: „Wir schlafen heute in Meyer-Nimmfürs Schlafzimmer.“

Nihal, auf den dieser ganz und gar unerwartete Einfall wie eine Beleidigung wirkte, eine verbale Ohrfeige, nach der man erstaunt den Kopf schüttelt, sagte sich, daß er hier auf eine verrückte Idee gestoßen war. Um sich zu erholen, trank er einen größeren Schluck.

Zwar gab es, wie er genau wußte, keine verrückten Ideen, die einfach aus dem Chaos daherflattern, und falls es sie gab, würden sie niemals beleidigend wirken, aber es war viel einfacher und angenehmer, an verrückte Ideen zu glauben, statt nach den Antrieben zu fragen, die vielleicht dahintersteckten. In der Psychologie durfte er ruhig ein wenig abergläubisch sein, das konnte niemandem schaden, so wie das Gegenteil niemandem nützte.

Mit Psychologie, so dachte er, sollen sich Leute befassen, die sich das leisten können. Ich kann es mir nicht leisten: Ich glaube an verrückte Ideen.

Er verdrängte deshalb seine Protestreaktion, die ohnedies nur Mariannes Eigensinn verstärkt hätte, spielte mit ihren Haaren und fand sich damit ab, daß er gezwungen sein würde, Meyer-Nimmfürs Schlafzimmer in jene Ordnung zurückzuversetzen, die beim Schloßherrn die Weltordnung zu vertreten schien.

Um seine Korrektheit einzuschläfern und sich

für weitere Überraschungen unempfindlicher zu machen, trank er ein ganzes Glas aus und verband damit den Wunsch, die Nacht möge so glatt hinabfließen wie der Wein.

Die Weltordnung Meyer-Nimmfürs wurde von Marianne in dieser Nacht empfindlich gestört. Im Schlafzimmer des Schloßherrn begann sie damit, die Wäsche Lilos und überhaupt alle für sie interessanten Objekte aus den Kästen herauszuziehen. Sie probierte mindestens sieben Nachthemden und ließ sich dabei von Nihal nicht ablenken, der unter dem Vorwand, ihr beim Umkleiden zu helfen, sich auf verschiedene Arten bemühte, sie auf andere Gedanken zu bringen. Als sie sich endlich zu einem Nachthemd entschlossen hatte, wurden für Nihal drei Pyjamas entfaltet. Jede derartige Entfaltung verfolgte er mit Unbehagen, weil er sich unfähig fühlte, den ursprünglichen Faltzustand, der für ihn Teil einer fremden Weltordnung war, jemals auch nur annähernd wiederherzustellen.

Mit Staunen hatte Nihal gelesen, wie Liebende, noch halb umschlungen, so tief in Schlaf versinken, daß alles mögliche sich neben ihnen ereignen kann, ohne sie aufzuwecken. Ihm ging es umgekehrt: Die Gegenwart anderer Menschen irritierte ihn. Die Vorstellung, daß er etwa mit einem fremden Kopf im Arm einschlafen könnte, erinnerte ihn an die schwierigen Kunststücke indischer Fakire. Schon leises Atmen und kleine Bewegungen neben ihm hielten ihn stundenlang wach und ließen ihn seine Lage verfluchen. Als Marianne eingeschlafen war, schlich er sich deshalb im fremden Pyjama, der um ihn schlotterte, aus dem Zimmer des Schloßherrn und stieg durch das verwahrloste Treppenhaus zu seiner Kammer hinauf. Dort las er, anstelle des Nachtgebets, einige Abschnitte aus einem Buch und zog sich schließlich, mit einer Aufwallung von Zufriedenheit, die Decke über die Ohren.

Wassergeräusche weckten ihn am nächsten Morgen. Er fand Marianne in einem überquellenden Schaumbad, aus dem sie ihn mit Flocken bewarf. Dies war aber nur der Anfang von weiteren Verletzungen der Ordnung Meyer-Nimmfürs: Zerronnener Schaum hinterließ die verschiedensten Flecken, nasse Spuren entstanden zwischen Bade- und Schlafzimmer, zogen sich über den Teppich und bis ins Bett, Handtücher wurden verstreut, verschiedene Toiletteartikel ausprobiert und dabei eine Flasche mit Kölnischwasser umgestoßen, das auf eine Sesselpolsterung floß.

Als Nihal nach dem Frühstück von einem Gang in den Garten zurückkam, war Marianne verschwunden. Zuerst glaubte er, sie habe sich versteckt. Dann lief er zum Tor, blickte in die leere Allee und rief ihren Namen.

Wenn man es näher bedachte, hatte sie alles, was das Schloß ihr bieten konnte, vorläufig erschöpft, und war gegangen, ehe sich unergiebige Fragen erhoben.

Nihal betrachtete im Bade- und Schlafzimmer die Schäden an der Weltordnung Meyer-Nimmfürs. Er trug den parfümierten Sessel an die Sonne, beseitigte verschiedene Flecken und sonderte die Wäschestücke in gebrauchte und ungebrauchte. Er studierte aufmerksam die unversehrten Nachthemden Lilos, um das System der Faltungen zu erforschen. Ein ahnungsloser Zuschauer hätte glauben können, einen Fetischisten zu beobachten, der sich hier mit langwierigen, seltsam versonnenen Spielen beschäftigte.

Mit seinen rauhen Händen, an denen die feinen Gewebe hängenblieben, gelang es ihm nicht, eine auch nur halbwegs überzeugende Faltung zu erzielen. Da er jedoch Meyer-Nimmfürs Mißtrauen fürchtete, das immer dort etwas entdeckte, wo er, Nihal, gar nicht hinblickte, mußte er sich dazu entschließen, die ganze Wäsche, gebraucht oder ungebraucht, zu einem großen Haufen zusammenzupacken und einer Wäscherei zu übergeben.

WAS IST UND WOZU DIENT EIN DOKTOR DER PHILOSOPHIE?

Mit einer Dissertation über „Gerichtsprozesse in der Literatur“ hatte Nihal den Titel eines Doktors der Philosophie erworben. Diese Abhandlung war so allgemein gehalten, daß zwar die Feindschaft, nicht aber die absolute Unkenntnis, mit der er der Jurisprudenz gegenüberstand, zum Vorschein kam. Er hatte nie in seinem Leben ein Gesetzbuch geöffnet und war eines Tages von der Belehrung überrascht worden, daß es sich bei Richter und Staatsanwalt um zwei verschiedene Personen handle. „Im Grunde ist es doch nur eine Person“, dachte er.
Da Nihal keiner Beschäftigung nachging, die eines Doktors würdig gewesen wäre, bleichte sein Titel gleichsam aus, und alle, die bei der Promotion mitgewirkt hatten, erkannten ihn nur noch mit größter Mühe. Nihal war nicht so indiskret, durch Führung des Titels unliebsame Erinnerungen zu wecken, und er begann schließlich selbst, ihn zu vergessen.
Meyer-Nimmfür war es vorbehalten, den Titel wieder auszugraben. Durch diese Entdeckung veränderte sich für ihn die Erscheinung Nihals mit einem Schlag: Es kam ihm so vor, als hätte dieser, wie ein Heiliger, der aus Bescheidenheit

seinen Heiligenschein zu Hause im Kasten verschließt, den Titel verborgen gehalten. Von nun an jedoch war Nihal, wenn Meyer-Nimmfür ihn erblickte, stets von einer Art Doktorfluidum umgeben. Und Meyer-Nimmfür nahm sich vor, diesen Titel gehörig herauszuputzen und für sich und sein Schloß arbeiten zu lassen.

Unter allen Doktortiteln war freilich jener der Philosophie der zweifelhafteste. Meyer-Nimmfür wußte zwar, was ein Ökonom, ein Jurist, ein Arzt oder ein Wissenschaftler darstellte; was aber ein Doktor der Philosophie eigentlich studiert hatte, darüber machte er sich nur unklare Vorstellungen. Vielleicht besaß ein solcher Doktor genaue Kenntnis aller Philosophien, die jemals aufgestellt worden waren. Er selbst, Meyer-Nimmfür, kannte von diesen Philosophien nur vier oder fünf auf -ismus endende Namen, ohne jedoch einzusehen, wozu diese Ismen dienen sollten. Und weil man alles, dessen Zweck einem verborgen ist, mehr oder weniger abwertet, nahm er an, die Philosophie hätte im Lauf der Zeit die widersprüchlichsten, unbeweisbaren Lehren propagiert, unpraktikable Wortkonstruktionen, die sich, wie eine Reihe von Plus- und Minuswerten, letzten Endes gegenseitig aufhoben, so daß als Resultat die Null herauskam.

Dies, so meinte er, sei auch der Grund für die Nicht-Präsenz von Doktoren der Philosophie in allen ihm bekannten Zirkeln. Und weil es sich hier um Kreise handelte, in denen die Welt sich bewegte, waren Doktoren der Philosophie, vom praktischen Standpunkt aus betrachtet, sozusagen nicht vorhanden.

Auch Nihal glaubte an die Inexistenz von Doktoren der Philosophie. Er verlieh ihr sogar durch seine Lebensart konkreten Ausdruck. Doch diese Konsequenz lag keineswegs im Sinn Meyer-Nimmfürs, der in allen Dingen nach dem *Positiven* strebte, selbst wenn er es dem Nichts entreißen mußte.

Was er von Philosophie hielt, war schließlich seine Privatsache. Wozu sollte er konsequent sein, wenn nichts dabei herauskam? Konsequenz ist eine Eigenschaft, die sich vielleicht im Geschäftsleben oder in der Wissenschaft lohnt. Ein Titel bleibt dagegen ein Titel.

In der Sphäre der Kultur, dachte Meyer-Nimmfür, kommt es nicht auf Genauigkeit an. Sie soll einen sogar von der Genauigkeit der Rechnung befreien. Was sie verlangt, ist ein gewisser emotionaler *Einsatz*. Man muß demonstrativ für sie eintreten und die eigene, vom Materialismus noch nicht aufgezehrte Existenz unter Beweis stellen.

Er plante nun, seiner neuesten Erwerbung, dem Schloß, eine kulturelle Aura zu verleihen. Er wollte zeigen, daß er sich nicht nur einen pompösen Rahmen für seine Freizeit geschaffen hatte, sondern auch die soziale Verpflichtung begriff, die ein solcher Besitz mit sich brachte.

Seine einzige Freude lag darin, immer neue Dinge zu erwerben; dabei legte er jedoch besonderen Wert darauf, daß diese Erwerbungen als sinnvolle *Anlagen* erschienen. Jede Verschwendung, die aus Laune oder Leidenschaft hervorging, war ihm im Innersten zuwider. Geld in kulturelle Bestrebungen zu investieren (sofern er diese als erbaulich oder positiv ansah), hielt er dagegen für durchaus sinnvoll.

Es sollte also im Schloß ein Raum für Veranstaltungen geschaffen werden, wo Vorträge, Lesungen, Ausstellungen und dergleichen stattfinden konnten. Auf das *Was* kam es dabei viel weniger an als auf das *Wie*. „Musisches und Geistiges in gepflegter Atmosphäre" — so bezeichnete er einmal sein Programm. In diesem Rahmen mochten dann auch Doktoren der Philosophie einen bedeutsamen Eindruck erwecken.

Schließlich kommt es ja auch bei einer Predigt in der Kirche weniger auf den Inhalt an, den man im Detail ruhig verschlafen kann, weil er ohnehin bekannt ist. Wichtig ist vielmehr die allgemeine Einstellung. Man bringt zum Ausdruck, daß man der entsprechenden geistigen Unternehmung *positiv gegenübersteht*, daß man sie, und sei es auch nur durch seine Anwesenheit, stützt und fördert. Das ist es schließlich, was man *Gesinnung* nennt.

Die Gesinnung braucht einen würdigen Rahmen, in dem sie sich aufbauen und erbauen kann, in dem sie erbaulich wird und sich frei hält von den profanen Einflüssen der Umwelt. Darum ist ein Schloß ein idealer Rahmen für die Gesinnung.

Man könnte vielleicht behaupten, dachte Meyer-Nimmfür, daß die einstigen Aristokraten in den Schlössern eher ihren dünkelhaften Hochmut und ihren Egoismus auslebten, daß es ihnen also an jener Gesinnung fehlte, die der heutige Unternehmer in ein Schloß zu investieren in der Lage sei. Von der Hast des Alltags getrennt, stelle es ein wahrhaftes buon retiro dar, und zwar nicht nur für den Schloßherrn, sondern auch für Künste und andere geistige Bestrebungen.

Meyer-Nimmfür wollte nun Nihal, der sich unerwartet als präsentabel erwiesen hatte, für seine kulturellen Pläne gewinnen und ihn sozusagen als maître de culture engagieren. Er war überzeugt davon, daß dieser Posten keine speziellen Kenntnisse erforderte, so daß ein entsprechender Titel dazu völlig ausreichte. Allerdings hatte er den Eindruck, daß es Nihal unerklärlicherweise an jener Gesinnung fehlte, die dazu unerläßlich war. Was konnte es ihm, dem Doktor der Philosophie, einbringen, jegliche Art von Gesinnung zu verleugnen? Hinter jeder Haltung, mag sie auch noch so zweckfrei erscheinen, steckt schließlich eine Triebfeder. Wie kam Nihal dazu, den Eindruck absoluter Gesinnungslosigkeit zu erwecken?

Man mußte ihn, sagte sich Meyer-Nimmfür, bei seinem Titel packen. Man mußte ihm Respekt verschaffen, dann würde er sich selbst respektieren, und wer sich selbst respektiert, der hat auch Gesinnung.

Dieser Titel, der sozusagen brach lag und deshalb ohne besonderen finanziellen Aufwand zu gewinnen war, würde aber auch dem Schloßherrn zugute kommen. Die Gewichtigkeit des Schloßherrn würde dem Titel Gewicht verleihen, und umgekehrt würde der Titel, indem er dem Schloßherrn diente, diesen auszeichnen und ihn gleichsam geistig schmücken.

„Der Mensch", sagte Meyer-Nimmfür, wenn er seinen Tiefsinn hervorkehren wollte, „ergreift nicht einen Beruf, sondern der Beruf ergreift den Menschen." Also würde Nihal seinem Titel schließlich nachfolgen. Der

Landeskonservator hatte ihn als *hochbegabt* bezeichnet, also würden auch andere diese Begabung bemerken, wenn man sie entsprechend herausschminkte und sie in einen repräsentativen Rahmen stellte. Ein kleiner finanzieller Anreiz und ein guter Schneider würden das übrige tun, den Titel und den Mann wieder zusammenzubringen und zu einer Figur zu machen.

Mit einem angedeuteten Lächeln bemerkte Meyer-Nimmfür an sich selbst jene Schlauheit, die er manchmal sogar Weisheit nannte, weil sie ihm auch unerwartete Erfolge verschafft hatte, jene behutsame Anpassung an fremde Verhältnisse und Charaktere, die er durch diskret verteilte Köder anlockte und in seinem Sinn zu lenken verstand.

„Greife nie mit einer direkten Bewegung nach den Dingen, die du haben willst. Horche in neue Verhältnisse hinein. Lege Lockspeisen aus. Erkenne die schwachen Punkte. Schaffe Abhängigkeiten."

Viele seiner Bekannten traten als Protzen auf, waren viel zu voreilig mit Sprache und Portemonnaie. So etwas verstimmt die Welt, verscheucht die günstige Atmosphäre, macht die ganze Umgebung sogleich weniger geneigt, sich den geplanten Unternehmungen zu fügen.

Wie die innerste Gelassenheit, die sich nach außen auf unbewußte Weise mitteilt, so muß auch das Kapital immer im verborgenen bleiben; nur dann erreicht es seine volle Effizienz und steuert aus dem Hintergrund die angenehmen und verlockenden Bewegungen auf der Oberfläche.
Darum nahm er sich vor, auf diesem noch ungewohnten Boden sehr vorsichtig zu taktieren. Sein psychologisches Feingefühl war längst auf delikate Barrieren gestoßen. Er hatte schon damit angefangen, dem Klang seiner Stimme größere Geschmeidigkeit zu verleihen. Auf vornehme Zurückhaltung kam es an und dies umso mehr, als es sich hier um ein Schloß handelte, das zweifellos mit einer historisch bedingten Hypothek belastet war.

NACH DER SITZUNG

Ungläubig betrachtete Nihal die Notizen, die er sich bei der *Gründungsversammlung des Kulturkreises* im frisch renovierten Vortragssaal des Schlosses gemacht hatte. In ihrer chaotischen Form erinnerten sie an letzte Aufzeichnungen eines Verhungernden oder dem Wahnsinn Verfallenden.

Bei der Sitzung waren die Äußerungen der verschiedenen Herren (und einer auf Volkskunst spezialisierten Dame) kreuz und quer über den Tisch zu verschiedenen Stiften und Kugelschreibern gedrungen, die sie eifrig, wie willkommene Speisen, aufnahmen und sich mit erstaunlicher Kompetenz hin und her bewegten.

Nihal erinnerte sich an einen derartigen Stift, der neben ihm in Schwung gekommen war und ein Kunstwerk aus Paragraphen, Unterstreichungen und gegliederten Absätzen erzeugt hatte, neben dem Nihals Notizen sich als trauriges Stückwerk ausnahmen.

Nun mußte er folgendes lesen:

Konstituierung des Kulturkr. Im Zuge der Resozialisierung und Revitalisierung historisch wertvollen Bauguts. Statuten, mindestens drei Personen, Kas-

sier, usw. Mäzenatenrolle M-Ns. Lebendige Inbesitznahme, nicht nur private, sondern auch gesellschaftliche Nutzung und Erschließung. Eigeninitiative gegen Planifizierung. Skepsis überspielen. Gegen künstlerische Unterentwicklung. Hauptstadt beraubt die Provinz ihrer intellektuellen und künstlerischen Reichtümer. Kulturelle Dezentralisierung. Abseits der Autobahn. Schwerpunkt: heimisches Kulturschaffen, aber nicht nur. Bewußt nicht provinziell. Ev. auch Sommergäste aus dem nördl. Nachbarland. Intimer Rahmen. Politisierung vermeiden, dabei aber nicht unpol. Überparteilich im besten Sinn. –

In dieser Art ging es etwa zwei Seiten lang weiter. Aus derartigen Fragmenten sollte er nun eine *Aussendung an die Presse* zusammenstellen. Er blickte aus dem Fenster auf die Bäume, als könnte von dorther Hilfe kommen. Erinnerung an die Schulzeit stieg in ihm auf, als er gleichfalls, beim Schreiben von Aufsätzen, hilfesuchend aus dem Fenster gestarrt hatte, während rings um ihn alle Federn sich bewegten. Wie damals fühlte er absolute Unfähigkeit, Wortleere und eine Dürre seines Inneren, die nur das Bedürfnis erzeugte, einen dumpfen unartikulierten Schrei auszustoßen.

Er überflog zum x-ten Mal seine Notizen, gab sich schließlich, als gelte es nur, die Motorik der Hände in Bewegung zu setzen, einen Ruck und begann zu schreiben:

Revitalisierung eines Schlosses

Im Zuge der –

Er blickte wieder zum Fenster, sprang auf und lief aus dem Zimmer in den Park hinunter. Wie ein Kranker, der sich im Garten des Spitals erholt, empfand er zwischen den Pflanzen eine gewisse Erleichterung. Da und dort zupfte er Unkräuter aus und beneidete die Ameisen oder andere Insekten, die sich unbeirrbar ihren Geschäften widmeten.

Als er schließlich nach einiger Zeit zur Schreibmaschine zurückkehrte, das alte Blatt herausnahm und ein neues einsetzte, spürte er in den Fingern die Entschlossenheit, koste es, was es wolle, die Arbeit in einem Zug zu vollenden. Er rückte energisch zum Tisch und schrieb:

Konstituierung eines Kulturkreises

Im Zuge der kulturellen Dezentralisierung, die die künstlerische Unterentwicklung der Provinz, die von der Hauptstadt ihrer intellektuellen und künstlerischen Reichtümer beraubt wird, bekämpfen will, hat sich –

Als er zu dieser Stelle gekommen war, sprang er zum zweiten Mal auf, starrte mit den Augen eines Geistesgestörten auf das monströse Satzfragment, riß das Blatt aus der Maschine, zer-

knüllte es, warf es gegen die Tür und sprach dreimal: Verflucht, verflucht, verflucht!
Dabei rüttelte er an der Maschine, wie um sie zu bestrafen.

Er erinnerte sich, daß sich unter seinen Sachen noch ein Exemplar der Dissertation befand, die er vor zehn Jahren verfaßt hatte. Er holte es hervor und blätterte darin. Staunend betrachtete er den fortlaufenden Text, verfolgte ihn von Seite zu Seite. Die Länge der Abhandlung verblüffte ihn und flößte ihm Respekt ein.
„Das habe *ich* geschrieben", flüsterte er.
Die Sätze erschienen ihm fremd wie das Werk eines anderen: Masken aus starren Wörtern, die undurchdringlich vor ihm standen. Er konnte sich nicht mehr erklären, welche Kraft ihn einst dazu befähigt hatte, so viele Sätze aneinanderzureihen. Die Konsequenz, mit der sie sich aufeinander bezogen und einen geschlossenen Zusammenhang vortäuschten, erfüllte ihn einerseits mit Bewunderung, andererseits mit Abneigung gegen die Tüchtigkeit des Verfassers.
Wer einmal hundert Seiten zusammengestoppelt hat, sagte er sich, der wird doch jetzt, und zwar in fünf Minuten, eine Seite mit beliebigen Phrasen überziehen können.

Er setzte sich an die Maschine und schrieb:
Wiedergeburt eines Schlosses
In Anwesenheit von –
Vergeblich suchte er sich an Titel und Namen der Sitzungsteilnehmer zu erinnern. Fiel ihm ein Name ein, so fehlte der Titel, hatte er einen Titel, so fehlte der Name. Da er den Aufbau der staatlichen Verwaltung nicht im geringsten überblickte, war er sich über den Sinn der Titel ganz und gar im unklaren. Stadtrat? Landrat? Er wußte so gut wie nichts über die betreffenden Institutionen. Gab es überhaupt den Titel Landrat? Etwas daran kam ihm verdächtig vor, altmodisch, wie etwa die Bezeichnung *Landpfleger,* ein Relikt seiner Schulbildung, dessen Herkunft und Bedeutung er längst vergessen hatte. Handelte es sich bei einem Landpfleger um jenen Herrn in der Schweiz, dessen Hut gegrüßt wurde? Etwas Entsprechendes mußte man sich jedenfalls darunter vorstellen, selbst wenn es ein paar Jahrhunderte früher oder später anzusetzen war.

Nihal lehnte sich aus dem Fenster. Plötzlich verstand er die Winke der Bäume und Sträucher, die ein leichter Vormittagswind bewegte. Sie sagten ihm: Du mußt fliehen. Was gehen dich die Sitzungsteilnehmer an? Du wirst dir niemals ihre Namen merken, niemals ihre Funktionen verstehen. Funktionen versteht nur einer, der funktionieren will, und du willst nicht funktionieren. Du bist unfähig, einen Posten auszufüllen. Pack deine Sachen, lade sie aufs Fahrrad, verlasse so schnell wie möglich das Schloß, fahr nach Süden in Richtung der zunehmenden Temperatur.

Er stopfte die Dinge, auf die er Wert legte, in einen großen Seesack. Der Anzug, der eigens für seine Funktion als Kultursekretär geschneidert worden war, gehörte nicht dazu. „Nie wieder einen Anzug!“ sagte er sich.

Er hängte den Rock über einen Bügel und befestigte unten, mit Hilfe von Sicherheitsnadeln, die Hose, so daß die Beine herabhingen. Oben steckte er einen Kopf aus Pappendeckel in die Halsöffnung, auf dessen Stirn er das Wort *Kultursekretär* schrieb. Diese Puppe ließ er am Fenster als Abschiedsbrief zurück.

Als er mit dem Fahrrad schon einige hundert Meter zwischen sich und das Schloß gebracht hatte, kam ihm der Wagen Stockhammers entgegen.

„Wohin?“ rief Stockhammer mit einem Blick auf den Seesack.

„Nach Süden“, antwortete Nihal.

„Ach, du ge-ehst“, sagte Stockhammer gedehnt, „und warum?“
„Ich bin unfähig, absolut, total unfähig.“
„Das ist kein Grund“, sagte Stockhammer, „bei uns sind doch alle unfähig.“
Nihal versuchte ihm zu erklären, worin seine Unfähigkeit bestehe, doch Stockhammer behauptete apodiktisch, ein Kultursekretär benötige weder Kenntnisse noch Fähigkeiten.
„Ich werde dir einmal etwas zeigen“, sagte er und öffnete seinen Kofferraum. Darin befanden sich, auf das sorgfältigste verstaut, zwölf Flaschen Wein. Stockhammer nahm eine heraus und zeigte Nihal das Etikett. Dann brachte er ein großes Stück Speck zum Vorschein, wickelte es aus und ließ Nihal daran riechen.

Kurz darauf saßen die beiden, nachdem sie die Puppe des Kultursekretärs bewundert hatten, beim Wein und verfaßten gemeinsam die Aussendung an die Presse.
„Wir können auch drei verschiedene Versionen herstellen“, meinte Stockhammer. „Das nennt man *gezielt*. In der ersten betonen wir die soziale Note, in der zweiten die private Initiative und in der dritten die Bodenständigkeit.“
Schließlich scheuten sie aber doch die Mühe, drei verschiedene Aussendungen zu fabrizieren.

„Wozu noch zielen?“ sagte Stockhammer, „nach dem dritten Glas sehe ich keinen Unterschied mehr.“
Mit Hilfe Stockhammers entstand ziemlich mühelos ein Text, der jeder Zeitung Ehre machte.
„Der dort ist der Verfasser!“ rief Stockhammer, auf die Puppe zeigend, die immer noch am Fenster hing.
„Wir gratulieren. Bravo und Prost!“
Und sie erhoben die Gläser in Richtung des gut gekleideten Hampelmanns, auf dessen Stirn das Wort *Kultursekretär* zu lesen war.

AMTSGÄNGE

Seit man ihn *Sekretär des Kulturkreises* nannte, mußte Nihal, wohl oder übel, auch Ämter aufsuchen. (Der Ausdruck *wohl oder übel* steht durchaus nicht im Gleichgewicht, sondern hat bezeichnenderweise eine schwere Schlagseite.)
Bevor er sich auf den Weg machte, stellte er sich in seinem neuen Anzug vor den Spiegel und sagte: „Schau, ein Sekretär des Kulturkreises." Dann verlieh er seinen Augen einen festen Blick und wiederholte: „Sekretär des Kulturkreises!"
Die Festigkeit, die er vor den Leuten annahm, glich aufs Haar dieser Spiegelfestigkeit. Und jeder Ernst, den er ihnen zeigte, war ein Spiegelernst. An ihnen vorbei oder durch sie hindurch blickte er in einen Spiegel, der ihm die baufällige Konstruktion der eingenommenen Haltung enthüllte. So wurde jedem Auftritt nach kurzer Zeit der Boden entzogen, und die Figur, die er darstellte, begann gleich einer Marionette zu schwanken.

Obwohl ein guter Schneider den Anzug nach Maß gemacht hatte, schien er wie um eine Vogelscheuche zu schlottern. Der Anzug war eine Verkleidung. Alle Kleidungsstücke, die über ein Minimum an Hose und Pullover hinausgingen, verwandelten sich an ihm in Maskenkostüme, die er auf Schritt und Tritt als solche empfand. Er kam sich dann vor wie ein Tier, das auf groteske Art kostümiert ist und das Gelächter irgendwelcher Engel hervorruft, die sich die Erde als Menagerie eingerichtet haben.

Stieg er in einen Autobus, so dachte er: Als Kultursekretär verkleidet, besteige ich jetzt ein Verkehrsmittel des zwanzigsten Jahrhunderts. Ich weiß genau, wie ich mich verhalten muß. In der Art, wie ich den Fahrschein löse, liegt nichts Verdächtiges. Über den Wirrwarr der herrschenden Bräuche und Vorurteile bin ich so genau informiert, daß ich mich durch nichts verrate. Ich vermeide es, Männer in Uniform überhaupt nur anzusehen. Sie sind gefährlich. Der Herr in Schwarz ist harmlos, doch wäre es unhöflich, ihn zu fragen, ob er wirklich glaubt, Gott könne ein Junges kriegen.

Manchmal stellte er sich vor, wie er in der Zukunft oder in der Vergangenheit irgendein völlig anderes, fremdartiges Amt besucht hätte oder besuchen würde, einen Bürobetrieb, der mit der gleichen Selbstverständlichkeit wie unsere Betriebe in seinen eingefahrenen Gleisen dahinrollt, so daß man meinen könnte, es käme gar nicht auf die Sache an, die er bearbeitet, sondern lediglich auf den mechanischen Ablauf. In einem Ausbildungskurs hatte er sich vorher die nötigen Kenntnisse angeeignet und die nötige Verkleidung erhalten. Es kam ja nur darauf an, sich durch sorgfältiges Training das jeweilige Zeremonienwesen anzueignen, das System der Griffe und Begriffe, mit dem die Menschen einen bestimmten Zustand ihrer Entwicklung beherrschen. Wer dieses System anwandte, war ein guter Bürger, wer das nicht tat, wurde verhaftet.

Am leichtesten waren geschlossene Welten zu erlernen, Tiefschlaf im Aberglauben und in der Einheitssprache. Schwierig dagegen die Umbruchszeiten und zweisprachigen Gebiete, wo es von Agitatoren, patriotischen Giften, Fallen und Tretminen wimmelt.

Seltsam war, wie die Leute, seitdem er sich verkleidete, wieder anfingen, ihn zu bemerken und zu begrüßen. Einige, die er von früher her kannte und die schon längst aufgehört hatten, ihn zu sehen, sahen ihn jetzt wieder und begrüßten den neuen Anzug. Wenn er noch eine Zeitlang durchhielt und sich einige weitere Anzüge anschaffte, würde er sich automatisch in einen Professor verwandeln, dem eine noch größere Zahl von Begrüßungen zukäme.

Auch Unbekannte grüßten ihn. Als Verkleideter war er wieder ein *Nächster* geworden, mit dem sie aufs neue zu rechnen begannen und vor dem sie, vorläufig nur zur Sicherheit, den Hut zogen, denn vielleicht würden sie eines Tages gezwungen sein, ihn zu fürchten und zu lieben.

Er staunte über diesen, von ihm zuvor noch nie empfundenen Sinn des Grüßens, der darin besteht, sich der Aufmerksamkeit und dem Wohlwollen des anderen zu empfehlen. Und dies alles wurde von einem Anzug und von einem Titel bewirkt, die einträchtig von einer Vogelscheuche herunterbaumelten.

Schließlich stand er, was für den Sekretär eines Kulturkreises nicht weiter verwunderlich war, vor der Tür eines *Kulturamts* und adjustierte seine Krawatte.

Hinter der Tür des Kulturamts klapperte die Kultur, hinter der des Pfarramts die Religion.

Er starrte die Aufschrift *Kulturamt* an, die, wie selbstverständlich, zwei einander widersprechende Begriffe vereinigte. Dabei hatte er Glück, gerade an dieses Amt zu geraten, denn es war relativ harmlos. In anderen Ländern gab

es angeblich bereits Kulturämter, von denen eine ständige Drohung ausging.
Eigentlich steckte das Bedrohliche schon im Namen. Dieses Amt hier hatte nur noch nicht zu sich selbst gefunden. Es war ein Amt im Zustand der Verpuppung. Ich habe Glück, dachte Nihal, es ist noch nicht ausgekrochen.
Sprach Nihal mit einem Beamten, der meistens so freundlich und so entgegenkommend war wie ein routinierter Geistlicher (alle ungefährlichen Funktionäre entwickeln diesen Ton), so kam es ihm vor, als entstünden seine Sätze irgendwo neben dem Brustkorb und liefen wie von einem Tonband ab. Doch der Beamte schien davon nichts zu bemerken. Er nahm das Gesprochene durchaus als Äußerung Nihals oder vielmehr als das *ernsthafte Anliegen* eines Kultursekretärs entgegen.
Da sie nichts besprachen, was auch nur die geringste praktische Auswirkung hatte, ergab sich keinerlei Spannung. Die Sätze schienen sich in einem leeren Raum zu verlieren, der sie augenblicklich absorbierte und zum Verschwinden brachte. Vielleicht ließ auch der Beamte nur eine nachlässig bewegte Puppe sprechen, die dazu konstruiert war, sich kulturellen Bestrebungen zuzuwenden, wie sie nach dem Gesetz der Trägheit noch eine Zeitlang weiter-

liefen. Und mit gleichmäßiger Höflichkeit fertigte diese Puppe jene Sonderlinge ab, die sich an der Peripherie der Gesellschaft mit unbrauchbaren und ungenießbaren Projekten abgaben. Man hatte sie hier installiert, um die alte Folklore, die den sogenannten *Musen* gewidmet war, noch ein wenig weiterzupflegen.

Ob der Kulturkreis nun das entfaltete, was der Beamte *begrüßenswerte Initiativen* nannte, oder ob er sich auflöste, das war für ihn (oder für den Staat) völlig gleichgültig.

Da keinerlei Notwendigkeiten im Spiel waren, verlor sich das Gespräch in kleinen Abschweifungen und half sich mit Witzen oder Anspielungen weiter. Nihal ließ, wenn die Worte des Beamten durch ihn hindurchgingen, auf seinem Gesicht ein vages Lächeln erscheinen, das der Beamte als das echte Lächeln eines Kultursekretärs akzeptierte.

Dabei fühlte er deutlich das Falten- und Fältchenwerk seines Gesichts, das sich bemühte, auf den Beamten einzugehen; er spürte seinen Anzug, der die Sekretärsfassade zusammenhielt, doch hinter diesen Kulissen blies gleichsam ein Luftzug, der alles, was an der Außenseite registriert wurde, mit sich forttrug und ins Nichts beförderte.

Dieser Vorgang hatte nichts Gewaltsames:

Nihal spürte zwar die Mühe, mit der seine Maske sich hielt, doch war sie leichter als die Anstrengung, mit der man manchmal, während des Versuchs, ein konventionelles Gespräch zu beenden, die Notdurft zurückhält. Der Luftzug, der die Amtshandlungen absaugte, war nur schwach und erinnerte an das schleichende Ziehen an einem undichten Fenster.

Neben den Ordnern des Büros, in denen die Kultur, alphabetisch gereiht, gestapelt und abgelegt war, hingen merkwürdig disparate Gemälde, von denen eines aus drei oder vier Farbwischern bestand, indes ein anderes drei oder vier nach Kinderart gemalte Häuser vorführte.

Bei der Betrachtung dieses Inventars wurde Nihal von einer traumartigen Stimmung erfaßt: Der Raum verwandelte sich in eine Trümmerlandschaft. Ein Gewirr von losen Partikeln und gestrandeten Resten breitete sich vor ihm aus, Überbleibsel eines Schiffbruchs, zusammengesintert zu einem Konglomerat, das eine surreale Konsistenz erreicht hatte.

Der Stadtverkehr, der ihm entgegenschlug, wenn er aus dem Amt ins Freie trat, löste in ihm eine Welle der Erleichterung aus. Er atmete den Benzingeruch ein wie ein erfrischendes Parfum.

Er begrüßte die Fahrzeugströme, die eine Kirche wie ein Hindernis umfluteten.
Erschüttert sie nur, dachte er, rüttelt an ihren Steinen, bis sie einstürzt, und dann räumt sie aus dem Weg!
Dann aber spürte er wieder seinen Anzug, erinnerte sich seiner Funktionen und mußte sich sagen, daß er reagiert hatte wie ein Pfarrer, der von einer Orgie träumt.

BETRIFFT: LESUNG KATHREINER

Jeden Handgriff, den er für Meyer-Nimmfür ausführte, zog Nihal bei weitem den kulturellen Aktivitäten vor, die von ihm verlangt wurden, obgleich ihm doch diese ein höheres Ansehen verschafften.

Nihal überzeugte Meyer-Nimmfür davon, daß es unpassend wäre, wenn er, Nihal, als Sekretär des Kulturkreises die Einleitung zur Dichterlesung besorgte, denn bei Kathreiner handle es sich um einen Schilderer *lebenswahrer* Charaktere und Szenen, der nichts so sehr verabscheue wie dünnes intellektuelles Gerede.

Er, Nihal, sei viel zu wenig lebenswahr, es fielen ihm immer nur Zweifel und Paradoxe ein, und damit könne er vor einem derartigen Dichter nicht bestehen. Kathreiner würde sozusagen das Bedürfnis verspüren, einen solchen Ankündiger oder Einleiter seiner Werke mit einer kräftigen Handbewegung vom Pult zu entfernen. Die Einleitung müsse, gleichgültig was gesagt werde, vor allem den richtigen Ton treffen und ihre Verbundenheit mit dem Dichter ausdrücken. Spitzfindigkeiten seien hier fehl am Platze und würden den Dichter nur verstimmen.

Professor Reisbinder, ein Mitglied des Kulturkreises und überdies ein Kenner der Werke Kathreiners, war der geeignete Mann. Als lebenswahrer Dichter verfügte Kathreiner über eine *Lesergemeinde*. Nihal fühlte sich, wegen seiner psychischen Defekte, ganz und gar unfähig, jemals einer solchen Gemeinde anzugehören. Reisbinder dagegen hatte sich durch den wachsenden Ruhm des Autors gerne dazu überreden lassen, der Lesergemeinde beizutreten. Vielleicht fehlte es ihm an jener Vollblütigkeit, die Kathreiner auszeichnete, aber gerade dieser Mangel erzeugte in ihm eine Sehnsucht nach dem Urwüchsigen, die ihn dazu bestimmte, als Gelehrter dem Echten und Unverfälschten wissenschaftlich nachzuspüren. Anfangs hatten ihn die derben Szenen irritiert, vor denen Kathreiner nicht zurückschreckte. Noch vor einem Jahrzehnt hatte man so etwas als obszön bezeichnet. Ein Professor wie Reisbinder würde sich jedenfalls gehütet haben, sozusagen das Placet der Wissenschaft darüber zu sprechen. Aber die Zeiten ändern sich. Jetzt durfte man ruhig ein wenig unerschrokkener sein, vor allem dort, wo das Humane gewahrt blieb. Die Rettung des Humanen erwies sich bei Kathreiner immer dann, wenn nach einer Unverfrorenheit, die beim Publikum einen kleinen Schock auslöste, ein menschlicher oder allzu menschlicher Zug sich enthüllte und jenes Schmunzeln hervorrief, in dem der Selbsterkenner seine Humanität genießt. Nihal, der den Brief an das Kulturamt mit dem Motto: „Betrifft: Lesung Kathreiner" abgefaßt und im übrigen auch mit dem Dichter selbst korrespondiert hatte, schlüpfte in seinen *Kunst- und Kulturanzug,* wie er seine neue Bekleidung bezeichnete.

Einer Ritterrüstung vergleichbar, die das heikle Fleisch beschützt, überdeckte sie die fadenscheinige Psyche Nihals, den Mangel an Humanität und die Unfähigkeit zu schmunzeln. Der Kunst- und Kulturanzug war mit dem Titel eines Doktors der Philosophie imprägniert, der zusätzlichen Schutz gewährte, solange sich die Psyche darunter verbarg.

Obgleich sich der Schloßherr nichts anmerken ließ, war er mit der angekündigten Lesung Kathreiner nicht recht zufrieden. Bei einem solchen Anlaß würden sich die Leute, auf die es ihm ankam, gewiß nicht zeigen. Wäre er, Meyer-Nimmfür, nicht zufällig der Veranstalter gewesen, hätte er niemals eine Lesung Kathreiner besucht. Der literarischen Bedeutung, die Kathreiner haben mochte, fehlte es an einem gewissen Beigeschmack der Publizität, ohne den das Außergewöhnliche nun einmal nicht denkbar ist.

Das Fehlen dieses Hautgouts, für den Meyer-Nimmfür eine fast untrügliche Nase hatte, machte die Abwesenheit der Leute, auf die es ankommt, zur Gewißheit, und diese Gewißheit bewirkte wiederum, in einem circulus vitiosus, ihre Abwesenheit.

Wie jeder, der abends ausgeht, darf schließlich auch einer, der sich seiner Prominenz bewußt ist, etwas Schmeichelhaftes erwarten; bei einer glanzlosen Veranstaltung wird er aber im Gegenteil dazu gezwungen, einem anderen, gleichsam Bedürftigen, durch sein Hiersein zu schmeicheln, und zwar ohne Gegenleistung.

Auch für derartige Gesetze des gesellschaftlichen Gleichgewichts hatte Meyer-Nimmfür die feinste Witterung.

Was man zu einer Lesung Kathreiners erwarten konnte, war freilich kein Festspielpublikum, wie er es sich für sein Schloß erträumte. Vorläufig aber, solange die Renovierung noch nicht weiter gediehen war, wollte er auch solche Dichterlesungen über sich ergehen lassen, die, wie die Zeitungen immerhin schrieben, als *verdienstvoll* galten und seinem Ruf nicht schaden konnten. Dem Verdienstvollen an der Kultur

fehlte zwar der gesellschaftliche Reiz, und es wurde von allen, mit Ausnahme der Beteiligten, insgeheim verachtet, doch sorgte eine zähe Tradition dafür, daß man es schonte und sogar würdigte.
Er allerdings, Meyer-Nimmfür, bemerkte recht gut, wie es um die Leute stand, die zur Dichterlesung erschienen. Mit schlecht verhohlener Geringschätzung beobachtete er, wie sie in ihren meist kümmerlichen Anzügen über die Fliesen daherstolperten und sich auf den Sesseln des Vortragssaales reihten. Bei manchen drückte sich die ganze Misere in der Art aus, wie sie ihre beste Krawatte trugen.
Nur der Dichter, Kathreiner, stach von ihnen ab. Schon seine Kleidung verriet, in ihrem ausgesucht saloppen Zuschnitt, etwas Extravagantes. Auch was er sagte, wich immer ein wenig vom Gewohnten ab und bekundete jene routinierte Aufsässigkeit, die man von einem Original erwarten kann.
„Dafür", dachte Meyer-Nimmfür, „wird er schließlich bezahlt."

Als aber dann Professor Reisbinder, Werke und Preise aufzählend, den Dichter würdigte, hatte Meyer-Nimmfür doch das Gefühl, etwas Bedeutsames zu fördern. Vor ihm eröffnete sich

plötzlich eine Szene der Literatur, deren Existenz ihn überraschte. Gab es das wirklich? Die lobenden Stimmen, die Reisbinder zitierte, bestätigten alle den literarischen Rang Kathreiners. Sie schienen sich anzustrengen, etwas Erstaunliches und Außergewöhnliches zu beweisen. Benützten sie Kathreiner nur als Vorwand, um sich aufzuspielen, oder kam ihm die bescheinigte Bedeutung tatsächlich zu?
Würdigungen wirkten anregend auf Meyer-Nimmfür; und wenn hier, in seiner Gegenwart, etwas gewürdigt wurde, mußte man es, was immer es auch sein mochte, *positiv* aufnehmen, es gleichsam eingehen lassen in eine abstraktere, vom zufälligen Anlaß abgehobene Würdigung.
Wenn auch die Leute, auf die es ankam, vorläufig noch fehlten, so gab doch *er selbst* dem Kreis eine gehobene Bedeutung. Deshalb erschien es ihm nicht so wichtig, was der vorgetragene Text an und für sich besagte. Eine Würdigung Kathreiners ließ jedenfalls das Kulturstreben des Schloßherrn in günstigem Licht erscheinen. Und wenn Reisbinder betonte, der Dichter protestiere gegen *Vermassung,* so war dies ganz in seinem, Meyer-Nimmfürs, Sinn gesprochen. Indem er dieses Gebäude erneuerte und es dem Kulturleben

erschloß, protestierte er schließlich ebenfalls gegen Vermassung.
In diesem Sinn konnte man auch die Kleidung des Dichters und seine unkonventionellen Aussprüche als Protest gegen Vermassung akzeptieren, und es war eigentlich überflüssig, daß er jetzt noch ans Pult trat, um seine weitläufigen und etwas vulgären Geschichten vorzulesen, statt daß man sich einträchtig ans Buffet begeben hätte.
Meyer-Nimmfür versank in eine Art Starrkrampf, um das Unvermeidliche mit bedeutsamer Miene zu überstehen.

Nihal, dessen Hintern zu schmächtig war, um eine gute Polsterung zu ersetzen, rutschte auf dem harten Sessel hin und her: Bald beugte er sich vor und stützte den Kopf in die Hände, bald streckte er sich zurück, um das Gewicht zu verlagern. Im ersten Fall beobachtete er Eigenheiten des Fußbodens, Holzmaserungen, Ritzen und dergleichen, im zweiten Fall studierte er Mauerpartien oder die Saaldecke. An manchen Stellen konnte man aus zufälligen Mustern verschiedene Fratzen herauslesen, Karikaturen von Gesichtern, Ungeheuer, Gespenster.
Dann betrachtete er den Kopf des lesenden

Dichters und wunderte sich, wie es diesem gelang, einen so beständigen Eifer für die eigenen, ihm doch bis zum Überdruß bekannten Geschichten zu entwickeln. Manchmal flocht Kathreiner, wenn er ein Kapitel übersprang, Erklärungen der Vorgänge und Gestalten ein, mit denen sein Buch sich befaßte, und dann erschien in seinem Gesicht ein gleichsam mütterlich-besorgter Ausdruck, mit dem er Eigenheiten und Schicksale seiner Charaktere kommentierte. Oder es gelang ihm, sich selbst durch seine Erfindungen ein Lächeln zu entlocken, dem dann ein schütteres Lachen im Publikum antwortete.
Nihal staunte darüber, daß ein erwachsener Mann wie Kathreiner, eine breite, robuste Figur mit energischem Mund, sich mit derartigen Geschichten befaßte, zu denen man, wie bei Tagträumen, endlose Varianten ausdenken konnte.
Schließlich, als Nihal sich an den Tonfall des Lesenden, dessen Kadenzen sich in ein monotones Geräusch verwandelten, gewöhnt hatte, wanderten seine Vorstellungen ins Freie hinaus, beschäftigten sich mit der Erdkruste und mit der Plattentektonik, über die er vor kurzem gelesen hatte, mit kontinentalen Rissen und Gräben, an denen Vulkane ausbrechen, Erd-

beben entstehen und ganze Gebirgszüge sich auffalten.
Ein allgemeines Händeklatschen brachte ihn zurück in den Saal. Er schlug sich zu denen, die am lautesten und am längsten klatschten.

ÜBER DEM ADRIATISCHEN MEER

Hatte er nicht aus allen Räumen das Laub gekehrt, das sich dort schon ansiedelte, um zu Erde zu werden?
Jetzt kommt das Laub wieder, unvertreibbar, unauskehrbar. Es kommt wie in Wellen.
Ein eigenartiges Kräuseln zeigt sich im Laub: Ist das nicht Wasser?
Zu blätterhaft, um Wasser zu sein, zu schmiegsam und zusammenhängend, um Laub zu sein.
Doch es gibt kein Ding zwischen Wasser und Laub.

Draußen vor dem Schloß findet er zwar kein Wasser, doch er entdeckt eine Tafel mit der Inschrift „156 m über dem adriatischen Meere".
Es ist eine Tafel wie auf Bahnhöfen, die seit dem ersten Weltkrieg nicht mehr renoviert worden sind. Sie sieht aus, als sei sie seit Jahrzehnten mit der Mauer verwachsen. Und doch war sie gestern noch nicht da.
156 Meter, das ist eine Höhe, die das Meer nicht ersteigt, selbst wenn die Polkappen schmelzen.

Trotzdem sieht er jetzt drüben zwischen den Baumstämmen die äußersten Spitzen einer Brandung. Mit wunderbarer Leichtigkeit fließt das Meer durch Bäume und Buschwerk herein.

Bei Brandungen ist es reizvoll, sozusagen die Rekorde zu beobachten, die höchsten Stellen, die den Wasserzungen erreichbar sind. Oft täuscht man sich, wenn man glaubt, irgendein trockener Stein sei dem Wasser unerreichbar. Vielleicht war er früher schon benetzt, ist inzwischen jedoch getrocknet, weil die Abstände der höchsten Wellen groß genug sind.

Und nun kommen tatsächlich höhere Wellenkämme. Sie haben braune Rücken, gleichsam Schuppen aus welken Blättern.

Er flieht die Freitreppe hinauf. Kaum schützt ihn die Steinbrüstung, die Blätterflut überschwemmt seine Beine. Er hastet hinauf zum Lynkeus-Turm.

Hinausblickend sieht er, wie das untere Stockwerk überschwemmt wird: Die Welle steigt an der Schloßwand hoch, sinkt wieder zurück, und aus allen offenen Fenstern strömen ihr kleine Wasser- oder Blätterfälle nach.

Dann kommt die nächste. Sie ist noch ein wenig höher, steigt bis zum zweiten Stockwerk und schleudert einzelne Schaumflocken bis zum Lynkeus-Turm hinauf.

Erschrocken wischt er sich die nassen Blätter von der Stirn.

NICHTEUKLIDISCHE GEBILDE

Schwinger, der bekannte Plastiker und Schöpfer nichteuklidischer Skulpturen, war vom Kulturkreis für eine Ausstellung gewonnen worden. Einerseits hieß es zwar, Schwinger sei Marxist, und dies stimmte Meyer-Nimmfür bedenklich, andererseits hörte man jedoch, daß er sich als gläubiger Christ fühle, und demgemäß durfte man hoffen, das Christliche in Schwinger werde eine Mäßigung bewirken, das Marxistische verklären und in einer vornehmeren Umgebung ein unpassendes Aufsehen verhindern.

Marxismus bei Künstlern, dachte Meyer-Nimmfür, ist schließlich nicht viel mehr als eine aparte Eigenheit, die letzten Endes dem Absatz der Werke dient.

Außerdem gab es noch eine zweite, bedeutsamere Absicherung: Monsignore Marold, der Förderer Schwingers, würde selbst erscheinen und die Eröffnung vornehmen. Die Gegenwart eines Förderers verleitet den Künstler dazu, die mäßigen Züge seines Wesens über die unmäßigen zu stellen und sich der Lebensart seines Mäzens anzugleichen; diese wiederum (in unserem Fall die Lebensart eines weltgewandten Monsignore) paßte durchaus in ein Schloß.

Monsignore Marold besaß nicht die Engstirnigkeit vieler Priester, die eine Vereinbarkeit von Christentum und Marxismus ausschließen. Natürlich hielt er eine solche (wenigstens vorläufig) nur bei Einzelpersonen für möglich, insbesondere bei Künstlern, die zu den verschiedensten Arten von genialem Synkretismus befähigt sind. Im übrigen dachte Monsignore Marold vielleicht manchmal an eine Verschmelzung der beiden Weltanschauungen in der Zukunft. Immerhin hatten sie ja, neben Menschenliebe und Gerechtigkeitssinn, den Brauch gemeinsam, diejenigen lästig zu finden, die ständig auf das Wort des Gründers pochten und ihm womöglich eigene Erfindungen anhingen, statt sich mit den Interpretationen einer weisen Verwaltung zu begnügen, die den mystischen Sinn der Geschichte repräsentiert. Der Rücken der *Bibel* im Schrank des guten Christen gleicht dem Rücken des *Kapitals* im Schrank des guten Marxisten, und beide Werke sind sozusagen von einer friedlichen Staubschicht versiegelt.
Schwinger kam mit einem Lieferwagen, in dessen Gepäckraum, sorgfältig in Decken eingewickelt, sich seine nichteuklidischen Steine befanden. Als die Skulpturen ausgepackt wurden, dachte Nihal zunächst, es handle sich um

gewöhnliche Steinquader von verschiedener Länge, Breite und Höhe. Er hätte sich darüber nicht im geringsten gewundert. Wen kümmert es schließlich noch, welche Gestalt derartige Skulpturen haben?

Bei näherem Hinsehen bemerkte er jedoch feine Abweichungen von Geradlinigkeit und Parallelität: eben das *Nichteuklidische* dieser ästhetischen Objekte.

Vor allem machte ihm aber das Gewicht der Skulpturen zu schaffen. Zusammen mit Schwinger mußte er sie im Park und im Ausstellungsraum aufstellen, wobei der Bildhauer endlose Umgruppierungen vornahm, als käme den Positionen der Quader ebensolche Bedeutung zu wie ihrer mühsam errechneten Gestalt.

Was aber auf Nihal besonders unangenehm wirkte, war die resolute Art, mit der Schwinger jede Hilfe entgegennahm, die Selbstverständlichkeit, mit der er ein weitverbreitetes Interesse für nichteuklidische Skulpturen und deren Aufstellung voraussetzte. Wer nicht für mich ist, schien er mit vorgestrecktem Bart zu sagen, der ist gegen mich. Daß es schwächere Armmuskeln als die eines Bildhauers geben könnte, schien er überhaupt nicht zu erwägen. Ebensowenig kam ihm der Verdacht, daß man,

trotz des Schweißvergießens, über seine Resultate manchmal auch lächeln könnte. Die ganze riesenhafte Welt, die sich rings um seine Skulpturen in völliger Indifferenz ausbreitete, kam ihm überhaupt nicht zum Bewußtsein.
Meyer-Nimmfür betrachtete die Plastiken Schwingers mit Fassung. Ästhetisches Vergnügen bereiteten sie ihm wohl kaum, doch war dies ohnehin ausgeschlossen, weil der Künstler mit seinen Arbeiten den bürgerlichen Begriff des *Kunstgenusses* bekämpfte. Die Plastiken wirkten jedoch in jeder Hinsicht diszipliniert und boten dem Schloßherrn keinerlei Anlaß, sich über Extravaganzen, Scheußlichkeiten und negative Aspekte zu beklagen. Es handelte sich offenbar um *saubere Arbeit*.

Schwinger verstand sich darauf, seine Arbeiten jedem zu erklären, der sich um gutwilliges Verständnis bemühte. Er wirkte dann beflissen wie ein Vertreter, der die Vorteile seiner Produkte expliziert.
Wenn Kunstbetrachter von Objekt zu Objekt schreiten, fühlen sie sich oft nicht recht wohl in ihrer Haut; dann muß man ihnen helfen, zu einem eigenen Urteil zu gelangen. Zu diesem Zweck hielt Schwinger ein sorgfältig beschriftetes Blatt bereit (er nannte es *Parameterliste*),

das genaue Meßwerte zu seiner Plastik „Hommage à Riemann“ enthielt.

Meyer-Nimmfür, gewöhnt an ausführliche Listen und Verzeichnisse, empfand sogleich Respekt vor dieser sorgfältigen Arbeit. Zwar sah er keinen Zusammenhang zwischen den komplizierten Berechnungen und der simplen Gestalt der Skulptur, doch die Vorstellung, daß hier Ergebnisse eines berühmten, für gewöhnliche Menschen unverständlichen Mathematikers, nämlich Riemanns, gleichsam versteinert vor ihm standen, imponierte ihm. Offenbar, so sagte er sich, begreift dieser Künstler zusätzlich zu seinem Handwerk auch noch die großen Mathematiker.

Leider zog gegen Abend, kurz vor Eröffnung der Ausstellung, ein schweres Gewitter auf, das Schwinger und Nihal dazu zwang, einige Skulpturen aus dem Garten ins Schloß zu befördern und die Beleuchtungsanlage wieder abzubauen. Als sie die Plastik „Hommage à Riemann“ beim Tor abstellten, um ein wenig zu verschnaufen, kam Schwinger auf die Idee, den Steinquader auf die Schwelle zu legen, so daß die Besucher gezwungen sein würden, ihn zu übersteigen und sich dabei, sozusagen als

Initiation, einem nichteuklidischen Kraftfeld auszusetzen.
Nihal sprach sich sofort dafür aus, weil er sah, wie sehr diese Idee den Schloßherrn irritierte.
Als die Besucher eintrafen, erreichte der Platzregen seine volle Stärke. Auch Monsignore Marold wurde bespritzt, doch nahm er das Malheur von der humoristischen Seite. Gutgelaunt überstieg er mit den anderen die Plastik „Hommage à Riemann" und brachte sich mit einigen witzigen Bemerkungen vor dem Regen in Sicherheit.
Die Leutseligkeit geistlicher Herren ist bei solchen Anlässen besonders wirkungsvoll, weil es etwas Rührendes hat, wie sie die gewöhnlichen Wechselfälle des Lebens mit den anderen ertragen. Auch Christus, so dachte Nihal, flüchtete einst mit seinen Jüngern vor einem Platzregen in ein Haus, obgleich er den Regen hätte abstellen können, was er natürlich aus Bescheidenheit unterließ.

Monsignore Marold stand bei seiner einleitenden Rede zwischen zwei nichteuklidischen Quadern, von denen der höhere, schlanke mit „Hommage à Johannes XXIII." und der kürzere, dicke mit „Hommage à Marx" betitelt war.

So geht es den großen Männern: Wie stark ihre Einbildungskraft auch sein mag – den Kult, den sie stiften, können sie sich nicht im entferntesten ausmalen.
Für Monsignore Marold schienen hier keine besonderen Widersprüche vorzuliegen. Er hielt das Genie des Künstlers, dem er öfters begegnete und von dem er die beste Meinung hatte, für fähig, die verborgenen Affinitäten der großen Männer einer Epoche aufzuspüren und ihre geheimen Ähnlichkeiten intuitiv zu erfassen.
„Die nichteuklidische Geometrie steht am Anfang einer Wiedererweckung der Theologie“, sagte Monsignore Marold, und, auf die Plastik „Hommage à Einstein“ zeigend, fuhr er fort: „Gestützt auf die nichteuklidische Geometrie versetzte Einstein dem platten Materialismus, gegen den übrigens auch Marx, von ganz anderer Warte her, sich wandte, den Todesstoß.“
Meyer-Nimmfür staunte über einen Theologen, der Kunst, Geometrie, Physik und Ökonomie mühelos zu verbinden schien. Nur die Erwähnung von Marx stimmte ihn mißtrauisch, und für einige Augenblicke regte sich in ihm der Verdacht, daß alles, was Monsignore Marold sagte, vielleicht nicht ganz seriös ge-

meint sei. Doch auf dem Gebiet der Kunstkritik durfte man sich wohl gewagte Improvisationen leisten, durfte ein wenig phantasieren, und in diesem inspirierten Zusammenhang erschien auch der Name Marx, den Meyer-Nimmfür sonst nur ungern hörte, durchaus akzeptabel. Er fühlte sogar einen gewissen Stolz über die freie Art, in der hier, in seiner Gegenwart und unter seinem Schutz, auf Grund einer höheren geistigen Toleranz, ganz selbstverständlich von Marx gesprochen und die Plastik „Hommage à Marx“ bewundert werden konnte. Meyer-Nimmfür fühlte sich durch diese geistige, von einem Priester abgesicherte Freiheit verjüngt, auf der Höhe der Zeit, und er dachte: Auch wir Konservativen sind modern.

Man mußte zugeben, daß die weltgewandte Erscheinung Monsignore Marolds einen guten Eindruck hinterließ. Als fühle er sich hier sozusagen auf Urlaub, berührte er mit keinem Wort die leidigen Dogmen seiner Religion und blieb ganz in einer heiteren Sphäre der Kunst, wo sich die Bilder mühelos verbanden.

Manchmal, wenn draußen Blitze niedergingen, leuchtete grelles Licht herein. Der anschließende Donner zwang Monsignore Marold zu einer kurzen Unterbrechung, die er mit einer leicht ironischen Geste entschuldigte: Überlegenheit des spirituellen Menschen angesichts der blinden Kausalität. Und weil ein Gewitter die meisten Menschen in Unruhe versetzt (gab es denn am Schloß überhaupt einen Blitzableiter?), wirkte die Unbeirrbarkeit und Nonchalance, mit der Monsignore Marold seine geistige Fracht durch das Unwetter steuerte, imponierend.

Nach der Rede mußte man auch die nichteuklidischen Körper betrachten, von denen man eigentlich jetzt schon mehr wußte, als ihre glatten Oberflächen je hätten aussagen können. Man war aber erstaunt, welche komplizierten Gedankengänge diese scheinbar so einfachen Gebilde auslösen konnten. Manche Betrachter sahen sich suchend um, ob vielleicht irgendwo an den Steinen das religiöse Fluidum zu entdecken war, von dem Monsignore Marold gesprochen hatte, als er den Vergleich mit einem griechischen Tempel brachte, dessen Fundamente durch die feine Abweichung vom euklidischen Schema das leichte Schweben einer göttlichen Form suggerierten.

Wenn sich nach der Kunstbetrachtung, beim Aufrichten der Oberkörper, die Blicke zweier Bekannter trafen, entstand manchmal ein kurzes verlegenes Lächeln, als hätte man sich gegenseitig bei einer kleinen Sünde ertappt. Mit einem „Na, Herr Kollege", „Na, Herr Doktor" setzte man schnell ein ablenkendes Gespräch in Gang, das sich vom Nichteuklidischen entfernte, und mit Hilfe des Weins gelangte man bald in die gewöhnlichen, alltäglichen Räume zurück.

Auch der Künstler, der den Wein offenbar liebte, verlor bald seinen düsteren Ausdruck. Nachdem der offizielle Teil vorbei war, fielen ihm sozusagen die nichteuklidischen Steine vom Herzen, und es stellte sich heraus, daß er keineswegs auf der Riemannschen Geometrie beharrte, sondern sprach und lachte wie alle anderen auch.

So kam es, daß sich beim Aufbruch der Gäste die Plastik „Hommage à Riemann" an der Torschwelle als überflüssig erwies. Eigentlich hätte sie die Besucher aus dem Bannkreis einer merkwürdigen Kunst entlassen sollen, aber sie waren längst daraus entlassen, als sie über die Schwelle stolperten und mit dem obligaten Ah! die Luft begrüßten, die der Regen gereinigt hatte.

Die nichteuklidischen Steine standen noch etwa einen Monat lang im Schloß und teilweise auch im Garten, aber es kamen, trotz Monsignore

Marolds Protektion, doch nur drei oder vier Personen, um sie zu sehen.

Einen Stein erwarb das Kulturamt. Die anderen wurden wieder sorgfältig eingewickelt und abtransportiert.

VERSCHIEDENE TRINKSITTEN

Einige Male tranken sie zu dritt, Meyer-Nimmfür, Stockhammer und Nihal. Sie saßen am renovierten Kamin vor brennenden Holzscheiten. Meyer-Nimmfür liebte offene Kamine. Er bezeichnete sie als *poetisch* und meinte, sie wärmten nicht nur die Haut, sondern auch das Herz. Stockhammer und Nihal wechselten einen Blick: Sie stellten sich vor, wie das Unternehmerherz, eingefroren bei kalten Geschäften, am urtümlichen Kaminfeuer wieder auftaute.

„Mir wäre ein wärmendes Klima bei weitem lieber als ein offener Kamin", sagte Stockhammer.

Hofften sie vielleicht, der Alkohol würde Barrieren beseitigen, die für Nüchterne unübersteigbar sind? Stellten sie sich vor, die gewinnträchtige Konvention, in die sich ein Mensch nach und nach verkapselt, sei eine Art Safe, in dessen Innerem der Mensch der alten Abenteuer und Legenden aufbewahrt wird? Gelänge es dann, den Safe aufzuknacken, so müßte der unschuldige Indianerspieler sein Kindergesicht herausstrecken.

Was aber unter der Wirkung des Alkohols meist zum Vorschein kommt, sind nur ein paar kuriose Fragmente. Und diese wirken oft befremdender als die Fassade.

Meyer-Nimmfür trank gern und viel, doch überließ er es Stockhammer, den Wein zu beschaffen und zu bezahlen. Er hatte eine Abneigung dagegen, Geld für etwas auszugeben, was keine positiven Folgen zeitigte. Wein verflüchtigt sich, ohne bleibende Spuren zu hinterlassen. Ein Kater ist keine befriedigende Investition.

Geld war für Meyer-Nimmfür eine viel zu ernste Sache, als daß man es für bloße Launen aufopfern durfte. Geld hatte für ihn eine religiöse Aura.

Meyer-Nimmfür liebte es, seine Genügsamkeit zu betonen: Er arbeite mehr als seine Angestellten und sei in vielen Dingen anspruchsloser. Mit Unmut sah er zu, wenn andere, die sich das seines Erachtens nicht leisten konnten, auf Schritt und Tritt kleine überflüssige Ausgaben machten oder wenn sie, nach seiner Meinung jedenfalls, zu hohe Trinkgelder bezahlten. Er erblickte darin die Nichtachtung einer hohen Instanz, die nur von zweifelhaften oder verdächtigen Charakteren mißachtet wird. Seine Abneigung gegen Verschwendung hatte das Pathos einer moralischen Überzeugung. Wenn er auch aus Klugheit dazu schwieg, so sah man doch in seinem Gesicht die sittliche Indignation, vor allem, wenn es sich um Leute handelte, die er selbst entlohnte, so daß es beinahe sein eigenes Geld war, dessen Verzettelung er da mitansehen mußte.

Hatte Meyer-Nimmfür getrunken, so wurde sein Gesprächston weicher und geschmeidiger, fast ein wenig salbungsvoll. In seinen Augen begann das zu glänzen, was er *Idealismus* nannte. Er zog es dann vor, künstlerische, philosophische oder gar religiöse Themen zu behandeln.

So erzählte er etwa von Eindrücken, die er bei internationalen Festspielen gesammelt hatte. Man konnte sich ausmalen, wie er vor riesigen, reich ausgestatteten Bühnen saß, vor mächtigen, exquisiten Klangkörpern, die sich unter dem Taktstock eines Meisters stürmisch bewegten. Kostbare Stimmen, die mit Flugzeugen ein- und ausgeflogen wurden, drangen an sein Ohr.

Er saß in einer der vordersten Reihen, denn für diese Weihestunden war das Geld nicht verschwendet. Das waren Investitionen, die sich lohnten. In einer Zeit, die, wie er öfters betonte, *materialistisch* oder sogar *durch und durch materialistisch* gesinnt ist, konnte man sich bei solchen Veranstaltungen seelisch regenerieren oder, mit den Worten Meyer-Nimmfürs, die vielleicht ein wenig vulgär klangen, die Sache aber immerhin bezeichneten: *psychische Werte tanken.*

Nach und nach kam bei Meyer-Nimmfür das religiöse Gefühl zum Vorschein, als läge es sozusagen auf dem Grund seines Wesens, von dem es sich erst nach vier Vierteln loszulösen begann, um an die Oberfläche zu treiben. Es war keineswegs ein bestimmter Kirchenglaube, sondern ein vages Gefühl von der Idealität des Lebens, der höheren Bestimmung und Unsterblichkeit des Individuums.

Es ärgerte Nihal, daß Stockhammer, je weiter die Zeit fortschritt, desto mehr auf den Idealismus des Schloßherrn einging, als hätte er sich niemals darüber lustig gemacht. Dabei erwies er sich als typischer Höfling, der seine Gedanken Meyer-Nimmfür auf eine fast servile Art zur Verfügung stellte, wobei dieser die Nuancen außer acht ließ und nur das für sich buchte, was die eigene Position unterstützte.

Nihal durchschaute allerdings den Verrat Stockhammers nur deshalb so genau, weil er sich selbst öfters als Verräter erwies, der, nur um einem Einflußreichen seinen Verstand anzupreisen, gerade *den* Teil seiner intimsten Gedanken ausbreitete und sozusagen zum Verkauf anbot, den der andere, indem er ihn verstümmelte, für sich verwenden konnte. Den Fluch, der den Einflußreichen verjagt hätte, hielt er wohlweislich zurück oder deutete ihn nur so vorsichtig an, daß ein Dickhäuter nichts bemerken konnte.

Nihal, der von den dreien weitaus am meisten trank, versuchte, den religiösen Ernst der beiden Diskutanten, bevor dieser sich zur Rettung der Menschheit anschickte, durch verschiedene Ablenkungen zu zerstreuen. So trug er zum Beispiel einmal seine Hymne vor, das *ahre Kriegerve*.

Der Text, den er mit einem kleinen vergoldeten Rahmen aus der Biedermeierzeit versehen und in seinem Zimmer aufgehängt hatte, stand auf einem Zeitungsstreifen, der an beiden Längsseiten abgerissen war. Der Streifen war ein Fundgegenstand, ein *objet trouvé,* aus der Toilette eines Gasthauses, und deshalb sagte Nihal, daß diese Hymne vom *genius loci* hervorgebracht worden sei.

Er konnte das *ahre Kriegerve* auf fünf verschiedene Arten rezitieren und natürlich auch singen: begeistert, feierlich-getragen, sachlich, intim, geheimnisvoll:

AHRE KRIEGERVE

Die Bergstadt prä
stern anläßlich des
ndes seines Kame
Kriegervereins in
nschmuck. Mit die
erbunden war eine
n und Bahrtuch
erator Hirmanseder
arrkirche vornahm.
dem Stadtplatz, wo
ine und Trachten
ren Fahnen. Auf
akt statt, bei dem Po
Schmelzer eine Rüc
Entwicklungsstation
bestehenden Verein
376 Mitglieder zählt,
Landesobmann Schö
tieferer Sinn der Fa
hatte sprach Bürger
schnig dem jubilier

Meyer-Nimmfür brachte für das *ahre Kriegerve* nicht das geringste Verständnis auf. Zuerst meinte er, es handle sich um ein Rätsel und es gelte, den Text sinngemäß zu vervollständigen.

Stockhammer erklärte, man müsse das Ganze ironisch auffassen. Um Ironie herauszubringen, fand Meyer-Nimmfür, müßte man einen Text bewußt so beschneiden, daß sich andere, wirklich humorvolle Bedeutungen ergäben. Zufall, sagte er, könne niemals Ironie hervorbringen.
Meyer-Nimmfür schätzte das Humorvolle. Eines seiner Lieblingsbücher hieß „Heitere Hausapotheke". Der Humor war für ihn eine Medizin, die er sich nach dem Ernst der Geschäfte verabreichte. Fing er an, einen seiner Witze zu erzählen, so machten sich Stockhammer und Nihal darauf gefaßt, daß sie wieder einmal gezwungen sein würden, ein Höflichkeitsgelächter auszustoßen.

Obwohl solche Trinkabende, nach einem Kulminationspunkt, an dem ein gewisses gegenseitiges Verständnis noch möglich schien, in zunehmende Entfremdung führten, je weiter die Nacht fortschritt, konnten sie doch kein Ende finden.
Die einander nicht verstanden und niemals verstehen würden, saßen dann als fahle Gestalten im Licht des flackernden Kaminfeuers und einiger Kerzen, auf ihre Sitze gebannt, als könnten sie sich niemals mehr erheben, höchstens noch damit beschäftigt, auf einem psychi-

schen Schlacht- und Trümmerfeld einander die letzten Wunden beizubringen, taub für alles, was den eigenen Parolen widersprach, jeder in einem Krater.

DIE CHINESIN

Er lag in seinem Schloßzimmer. Die Wände hatten sich verändert: Sie waren von chinesischen Tapeten bedeckt.

Da gab es Blumenmuster, gleichmäßig verteilte Blüten. Doch eine der Blumen, zu der er immer wieder hinblickte, schien auf sonderbare Art aus dem Ornament zu fallen.

War die Tapete dort feucht? Vielleicht überdeckte sie eine feuchte Mauerstelle, von der sie angegriffen wurde.

Manchmal konnte man in diese leicht korrumpierte Blüte ein Gesicht hineinlesen, ein Frauengesicht.

Dann wieder verschwand es.

Es war wie bei Vexierbildern, wenn das Bild plötzlich umschlägt: Man sieht, überrascht, das andere Bild, doch gleich danach verliert man es wieder.

Er mußte sich konzentrieren, das Frauenbild festhalten.

Da trat plötzlich eine Chinesin aus der Tapete, kam zu ihm und legte die Hand auf seine Stirn.

Er wollte sich aufrichten, sie umarmen. Doch sie drückte ihn sanft ins Kissen zurück und sagte: „Liegen! Liegen!"

Ihr leichter Akzent verwandelte das Deutsche in eine Sprache von ungewöhnlicher Schönheit. Die fremd-

artige Frische ihres Gesichts brachte ihn fast um den Verstand.

„Liegen", sagte sie wieder, „ruhig liegen."

Sie trug eine blaue Uniform.

Er sagte, er werde ihr Kleider kaufen, er werde ihr Schmuck kaufen. Er erzählte ihr, daß er zwei Chinesinnen in einem Film gesehen habe, wie sie mit wunderbaren seidenen Badekleidern aus dem Meer stiegen, mit nassen Seidenstoffen, die sich an ihre Haut schmiegten. Und sie hätten zwei Sonnenschirme getragen, filigrane Gebilde aus Bambus mit Ölpapier überspannt. Und diese Szene könne er nie mehr vergessen, sie verfolge ihn bis in den Schlaf.

Sie gab ihm aus einem Glas zu trinken.

Er spürte einen eigenartigen, an scharfe Essenzen erinnernden Geschmack. Obwohl er sich wunderte, daß es noch Liebestränke gab, meinte er, dies sei ein chinesischer Liebestrank.

Sie griff unter die Decke nach seinem Arm.

„Ruhig liegen", sagte sie.

Er fragte sie, ob man in China noch seidene Badekostüme kaufen könne, Sonnenschirme aus Bambus.

„Du bist sehr krank", sagte sie.

Er wußte nicht recht, was sie meinte. Vielleicht meinte sie, er sei vom westlichen, ihr fremden Denken angesteckt. Doch er würde sie leicht zu diesem Denken bekehren.

Sie war aus dem Zimmer gegangen.

Nun sah er, daß sich dort, wo er die feuchte Blüte wahrgenommen hatte, eine Tapetentür befand.
Und er sah einen Schlauch, der unter seiner Decke hervorkam. Als er ihm nachtastete, bemerkte er, daß sie einen Schlauch an seinem Oberarm befestigt hatte.
Und nun rollte sie durch die Tapetentür einen Wagen herein, auf dem eine weiße Maschine stand.
Erschrocken fragte er: „Was tust du?“
„Liegen! Liegen!“ sagte sie und legte wieder die Hand auf seine Stirn.
Er verlor das Bewußtsein.

SCHWIERIGKEITEN EINER DEMORALISIERUNG

Mit Genugtuung bemerkte Stockhammer, daß Lilo seit einiger Zeit nicht mehr erschienen war, und schloß daraus, daß sie Meyer-Nimmfür im Norden abhanden gekommen sei. „Frigide Frauen, die gut aussehen“, behauptete er mit gewohnter Apodiktik, „sind sehr mobil. Sie sind immer auf der Suche nach dem für sie Unerreichbaren. Wahrscheinlich ist sie einem anderen Reptil zugefallen, einem anderen Wagen und einer anderen Badewanne.“

Stockhammer meinte, nun sei im Interesse des Schlosses die Zeit gekommen, Meyer-Nimmfür zu *demoralisieren*. Sonst nämlich würde Meyer-Nimmfür früher oder später damit anfangen, das Schloß *in Ordnung zu bringen* und den Park in eine Grünanlage zu verwandeln. Er mußte von seiner Arbeitsmoral abgelenkt werden, sonst würde er das Schloß auf ähnliche Art in Ordnung bringen wie eine Bilanz, einen Betrieb, ein Verkehrsnetz oder einen Sozialstaat. Dann würden die Kolonnen der Sanierer zur großen Säuberung aufmarschieren.

Um das zu verhindern, wollte Stockhammer den Schloßherrn mit Hilfe einer Frau demoralisieren. Und weil er gesehen hatte, daß Marianne, die er manchmal mit aufs Schloß brachte, auf Meyer-Nimmfür anregend wirkte und daß auch sie selbst sich gleichsam suchend hier umblickte, so wollte er sie dazu bringen, diese Rolle zu spielen, ohne daß er sie ausdrücklich darauf vorbereitete oder sie gar in seinen Plan einweihte.

„Jede Moral", sagte er zu Nihal, „hat einen heimlichen Hang zum Gegenteil, wie bei der Versuchung des heiligen Antonius. Die Arbeitsmoral verdeckt eine Faulheit, die man hervorlocken kann. Was wir brauchen, ist nur eine Spaltung: In seinem Betrieb kann er die Leute ruhig weiterquälen; nur wenn er hier ist, soll er dem Charme des Nichtstuns verfallen. Marianne wird ihm dabei helfen."

Nihal hielt die Moral Meyer-Nimmfürs für robuster als die des heiligen Antonius und bezweifelte, daß Marianne sich so leicht dazu hergeben würde, sie zu untergraben. Doch Stockhammer schien recht zu behalten, wenn er meinte, dazu reichten allein die Umstände und die Vermögensverhältnisse aus; denn als der entscheidende Abend gekommen war und Stockhammer die Gesellschaft auf geschickte Art zerstreut hatte, blieb Marianne bei Meyer-Nimmfür am offenen Kamin zurück. Mit Stockhammers Auto entschwand ihre Fahrgelegenheit, und sie war vom Rückweg abgeschnitten.

In dieser Nacht schlief Nihal außerordentlich schlecht. Als er zu lesen versuchte, entging ihm der Sinn der Sätze. Er wälzte sich von einem Ohr aufs andere, um jeweils wieder einen neuen Grund dafür zu entdecken, weshalb er auf Meyer-Nimmfür nicht eifersüchtig war.

Auf dem linken Ohr:

Eifersucht war deshalb ausgeschlossen, weil er Marianne nicht liebte oder weil er nicht in sie verliebt war, oder wie man sonst diese von der Sprache verfälschten und idealisierten Zustände bezeichnen will.

Auf dem rechten Ohr:

Eifersucht war deshalb nicht möglich, weil Marianne sich doch bald mit diesem, bald mit jenem einließ, woran er sich längst ohne besondere Aufregung gewöhnt hatte.

Auf dem linken Ohr:

Es heißt zwar: Was ich nicht weiß, macht mich nicht heiß, doch das Gegenteil: Was ich weiß, macht mich heiß, ist kein gültiger Satz. Allein der Umstand, daß er sich hier einen Vorgang, in dessen Nähe er sich zufällig aufhielt, genauer vorstellen konnte, rechtfertigte eine Eifersucht nicht. Denn ganz ähnliche Dinge waren oft in größerer Entfernung und an un-

bekannten Orten vorgefallen, ohne ihn zu berühren. Und da es nur auf den Tatbestand und nicht auf die Entfernung ankommt, wurde er auch jetzt nicht davon berührt.
Auf dem rechten Ohr:
Auch die Vorstellung, daß unter demselben Dach, unter dem er mit Marianne übernachtet hatte, ja sogar im selben Zimmer und womöglich im selben Nachthemd Marianne jetzt mit einem anderen übernachtete, wirkte nicht überzeugend. Was sollte ein Dach, ein Zimmer oder ein Nachthemd in dieser Sache besagen?
Auf dem linken Ohr:
Was hier geschah, gehörte zu einem Plan, zu dessen Urhebern oder wenigstens Eingeweihten er selber zählte. Alles wurde als bloßes Marionettenspiel von ihm mitdirigiert. Er durfte sogar Schadenfreude darüber empfinden, denn Marianne und Meyer-Nimmfür tanzten an Fäden, die er hier von seinem Bett aus in aller Ruhe mit der linken Hand bewegte.
Auf dem rechten Ohr:
Die Zeiten der Eifersucht sind vorbei. Früher ergriff man mit der einen Hand den Degen, mit der anderen den Leuchter, eilte, umgeben von schwankenden Schatten, durch Gänge und über Treppen, drang in ein Boudoir, rief Hah! und durchbohrte ein Bett von oben bis unten.

Auf dem linken Ohr:
Einst hörte man in aller Frühe Degenklirren im Park. Rings standen im Morgennebel wie Baumstrünke die Sekundanten mit betauten oder bereiften Bärten. Manchmal ertönten zwei Pistolenschüsse. Galois vervollständigte in der Nacht vorher noch hastig seine Theorie der Gleichungen höheren Grades. Am nächsten Morgen steckte eine Kugel in seinen Eingeweiden. Er lehnte den Priester ab, starb mit 20.
Auf dem rechten Ohr:
Bei zwei kämpfenden Hirschen verhängen sich manchmal die Geweihe auf so fatale Art, daß die Kuh kampflos einem dritten zuteil wird, der zufällig vorbei kommt.
Auf dem linken Ohr:
Seit Darwin kommt das Lächerliche an derartigen Kämpfen immer deutlicher heraus. In Zukunft wird es weder kämpfende Männchen noch abwartende Weibchen geben, sondern man wird in solchen Fällen nur noch mit den Achseln zucken.
Auf dem rechten Ohr:
Im Fall Mariannes konnte von einem Kampf überhaupt nicht die Rede sein. Es ging nicht einmal um Liebe. Es handelte sich um ein abgekartetes Spiel dreier Gauner oder Komplizen, die sich vorgenommen hatten, Meyer-Nimmfür

zu demoralisieren. Am Morgen würde er einträchtig mit Marianne zum Frühstück erscheinen, verwandelt in einen spielerischen Dandy, von dem der Ernst des Geschäftslebens abgeblättert ist. Er würde sich ohne jeden Zwang bewegen, in einen Lehnsessel werfen und die Quasten seiner Pantoffeln betrachten, die er durch ein kleines Fußzucken bald nach links und bald nach rechts zu schlenkern imstande war.

Auf dem linken Ohr:

Und das ganze Schloß verwandelte sich nach und nach in einen Schlupfwinkel gleichgesinnter und gleichberechtigter Außenseiter. Zum Komplizen geworden, zweigte Meyer-Nimmfür aus seinen Betrieben, die er, zur Erleichterung seiner Angestellten, nur noch mit Zynismus betrachtete, einen Geldstrom ab und leitete ihn ins Schloß, um am Rand der Gesellschaft (am lunatic fringe) ein buntes Karussell zu betreiben. Sie erfanden für sich eine Demimonde, halb Luxus, halb Lunapark, als ob das alte Schloßleben, wie Stockhammer es skizziert hatte, in einem verfeinerten Faschingstrubel oder Satyrspiel zugrunde ginge, von einer parodistischen Musik begleitet, bis drüben auf der Autobahn die nächsten Panzer auffuhren.

Auf dem rechten Ohr:

Und das Schloß blieb zur Hälfte in verfallenem Zustand, obgleich verschiedene Teile mit wunderbarer Akribie wiederhergestellt wurden. Doch wenn man vom bewohnten, mit Teppichen belegten Bereich abwich, kam man in rohe, verwitterte Bezirke, wo der Nachtwind regierte. Entsprechende Beleuchtungskörper, Kutschenlaternen, dicke Kerzen und Lampions erhellten diese wechselnden Szenerien, wo die Bewohner sich in ehemals kostbaren, mit Goldspangen oder von Sicherheitsnadeln zusammengehaltenen Gewändern bewegten, die sich bei näherem Hinsehen jedoch teilweise als mottenzerfressen, teilweise als mauerfleckig erwiesen. Am offenen Kamin drehte sich zur Tages- und Nachtzeit ein großes Bratenstück, eine Hirsch- oder Hammelkeule, die jeder, der zufällig vorbeikam, sorgfältig begoß. Und dort standen auch Schüsseln mit grünen und gelben Saucen neben alten Weinkaraffen, Pfeffermühlen und Mörsern. Aus dem Gewächshaus holte man sich Kräuter und Salate. Vom Lynkeus-Turm wurde eine Feuerwerksrakete in die Luft geschossen. Manchmal ertönten auf Instrumenten, denen einige Saiten fehlten, Bruchstücke von Quartetten, oder man hörte vom Schloßteich her, wo farbige Lichter auf und ab schwankten, Gelächter und Wasserspritzen.

Am nächsten Morgen stellte es sich heraus, daß Marianne in der Nacht verschwunden war. Sollte sie zu Fuß aus dem Schloß geflohen sein? Meyer-Nimmfür, der kein Wort sprach, strahlte eisige Kälte aus. Nihal zog es vor, keine Fragen zu stellen. Das Benehmen des Schloßherrn schien einzig darauf angelegt, Nihal zu brüskieren, obgleich dieser doch, wenigstens zum größten Teil, unschuldig war. Oder können Träume verletzen? Hatte Meyer-Nimmfür, mit Hilfe eines sechsten Sinns, die Verschwörung aufgedeckt? Jedenfalls produzierte er eine Verachtung von erstaunlicher und bewundernswerter Kraft und Beständigkeit.
Nihal stand wieder einmal vor dem Rätsel einer konsequent durchgehaltenen Reaktion: Wie konnte Meyer-Nimmfür ein solches Stimmungsfeld beisammenhalten? Ihm, Nihal, gelang es niemals, ein homogenes Gefühl auch nur für fünf Minuten zu bewahren. Das beeinträchtigte natürlich seine Überzeugungskraft. Ihm kamen sogleich andere, meist entgegengesetzte Regungen dazwischen, die ihm die schönsten Leidenschaften zersetzten und korrumpierten: das Bewußtsein der erbärmlichen Antriebe solcher Affekte oder ganz andere, neutrale Vorgänge, Aktivitäten unbeteiligter Menschen oder Tiere, zum Beispiel einer Katze

oder eines Vogels, eines Lebens also, das, anderwärtig beschäftigt, dem auf Leidenschaft eingestellten Gefühlsapparat so gleichgültig gegenüberstand wie die Fliege auf dem Haar des Selbstmörders kurz vor dem Sprung in die Tiefe.

Am späten Vormittag hörte man das laute Zuschlagen der herrschaftlichen Autotür. Die immer noch durchgehaltene Leidenschaft entfernte sich von dem Ort, an dem sie erweckt worden war. Der Lärm des Motors schien sie zu bekräftigen und zu stärken. Von Demoralisierung keine Spur.

Im Gegenteil: Nach erotischen Niederlagen, so vermutete Nihal, wird die Moral gestärkt, und *Arbeitsmoral* geht vielleicht überhaupt auf erotische Niederlagen, jedenfalls aber auf Enttäuschungen zurück.

UNERWARTETES ERGEBNIS EINER MEDITATIONSÜBUNG

Seit der mißglückten Demoralisierung wurde Nihal von Meyer-Nimmfür mit unverminderter Kälte behandelt. Er erwartete jederzeit seinen Sturz. An Marianne konnte sich der Schloßherr nicht rächen, also mußte er sich einen Abhängigen aussuchen, der Marianne ähnlich und womöglich sogar mit ihr im Bunde war. Nihal, der längst als unzuverlässig Erkannte, bot sich dafür geradezu an.
Als *Sturz* erscheint eine Absetzung Nihals hier nur deshalb, weil damit die Konstellation, auf die es in diesem Bericht ankommt, für immer zerrissen wird. In Wirklichkeit bedeutet das Verschwinden Nihals aus dem Schloß nur das Ende eines vorübergehenden, unwesentlichen Irrtums. Wenn man Meyer-Nimmfür, wie das zu erwarten ist, einst das Silberne Ehrenzeichen für Verdienste um die Republik überreicht, muß diese nebensächliche Episode so absurd erscheinen, daß der Gedanke, sie könne zu seiner Biographie gehören, nur ein kurzes Lachen hervorrufen wird. Zu einer respektablen Biographie zählt selbstverständlich nur das Positive, das heißt also alles, was trotz der Gesinnungslosigkeit von Leuten wie Nihal und

Stockhammer schließlich erreicht und von aller Welt gewürdigt wird.

Nihal ahnte nichts Gutes. Er und Stockhammer befragten Marianne, was in jener Nacht eigentlich vorgefallen sei. Marianne aber hatte die Eigenschaft, im Interesse ihrer Karriere immer nur vage Andeutungen über ihre Abenteuer zu machen, dunkle Anspielungen, die sie mit einem ebenso viel- wie nichtssagenden Lächeln begleitete. Stockhammer und Nihal erfuhren also auch diesmal so gut wie nichts.
Dafür bemühten sie sich aber, ihre Position bei Meyer-Nimmfür durch besondere Anstrengungen zu verbessern. Derartige Bemühungen schlagen jedoch meistens fehl oder bewirken sogar das Gegenteil. Gerade die Anstrengungen pflegen die Gunst zu verscheuchen. Wer liebt schon ein bemühtes Gesicht? Deshalb wurde das Glück früher als eine Frau dargestellt, die auf souveräne Art und sozusagen en passant gewonnen sein will.

Um die Attraktivität und den Glanz der Kulturveranstaltungen zu steigern, faßten sie den Plan, den Pianisten und Cembalovirtuosen Polinsky auf das Schloß einzuladen. Dieses Vorhaben brachte natürlich ein finanzielles

Problem mit sich, denn berühmte Interpreten denken nicht im Traum daran, sich mit dem zu begnügen, was Dichter oder Bildhauer als ein ausreichendes Honorar ansehen. Polinsky würde vielleicht das Fünfzig- oder sogar das Hundertfache von dem verlangen, womit sich ein Mann wie Kathreiner aus falsch verstandener Bescheidenheit zufrieden gab.

Ohne die Beziehungen, über die Stockhammer verfügte, hätten sie wenig Aussicht gehabt, Polinsky für einen Auftritt in dem kleinen Schloßsaal zu gewinnen, der noch dazu eine halbe Autostunde von der Stadt entfernt lag.

Stockhammer kannte aber Polinsky, weil er für ihn ein kleines Chalet adaptiert hatte. Das war eine komplizierte Arbeit gewesen, weil die Innenräume auf Wunsch Polinskys so weit verändert werden mußten, bis alles in unregelmäßigen Kurven verlief. Der Künstler, der äußerst empfindlich war, wurde nämlich durch rechte Winkel bis zum Kopfschmerz gepeinigt. Auch der Kreis mußte vermieden werden, denn Polinsky zeigte sich dem Kreisrunden ebenso abgeneigt wie dem Rechteckigen, weshalb zum Beispiel der in Gold ausgeführte Brausekopf seiner Badewanne tropfsteinartig gestaltet und, aus Protest gegen die Glätte der Technik, mit Edelsteinen verziert werden mußte.

In einem langen Telefongespräch machte Nihal dem abwesenden Schloßherrn klar, daß Polinsky keineswegs, wie Meyer-Nimmfür gehört zu haben glaubte, ein Skandalmacher und Beleidiger des Publikums sei. Vielmehr habe man es hier mit einem *höchst kultivierten* Individuum zu tun, das infolge der komplexen Struktur seiner Sensibilität, die es zu Höchstleistungen befähige, naturgemäß äußerst reizbar sei. Die Atmosphäre des Schlosses werde aber dazu beitragen, Polinsky zu besänftigen. Er sei vor allem lärmempfindlich und habe einmal, als sich vor den Fenstern ein monströses Maschinengeräusch erhob, ein Cembalo vom Podium in den Zuhörerraum gestoßen. Damals habe er seine berühmte, in allen Zeitungen kolportierte Verfluchung der modernen Zivilisation ausgesprochen. Im Schloß jedoch seien derartige Störungen unmöglich. Außerdem müsse man bedenken, daß gerade diese Reizbarkeit mit der Publizität unauflösbar verbunden sei und daß die Publizität sich wiederum für das Schloß nur günstig auswirken könne. Eine Beleidigung sei heute in gewissem Sinn keine Beleidigung mehr, sondern müsse unter Umständen zum Werbeetat gerechnet werden.

Und dann erkundigte sich Meyer-Nimmfür nach den Kosten. Nihal machte sich auf das

Schlimmste gefaßt. Polinsky, so sagte er kleinlaut, habe wegen seiner Bekanntschaft mit Stockhammer nur die Hälfte seiner üblichen Gage gefordert: Fünfzigtausend Schilling.
Am anderen Ende der Leitung trat daraufhin Stille ein, aus der sich, wie Nihal vermutete, im nächsten Moment ein Sturm erheben würde.
Das Gegenteil geschah. Meyer-Nimmfür sagte zu. Wahrscheinlich hatte er, ganz im Gegensatz zu Nihals Annahme, den Virtuosen plötzlich ernst genommen und sogar Respekt vor ihm empfunden, eine Überraschung, die sich in der feierlichen, von Nihal falsch interpretierten Stille ausdrückte.

Der Tag des Konzertes, auf dessen Programm Cembalo-Sonaten von Scarlatti standen, war einer jener späten Föhntage im Dezember, an denen die letzten Farben des Jahres noch einmal aufleuchten. Nihal hielt sich im Freien auf, um eine Begegnung mit Meyer-Nimmfür zu vermeiden. Er verbrachte seine Zeit damit, Laub zusammenzukehren, Steine, welke Blätter und verdorrte Stengel zu betrachten, und fühlte dabei ein starkes Bedürfnis, in seinem ganzen Leben nie mehr etwas Ernsthaftes zu tun.
Am Nachmittag kam ein Wagen mit Fernsehleuten. Meyer-Nimmfür, bis zu diesem Zeit-

punkt schlechter Laune (vielleicht reute ihn doch das hohe Honorar Polinskys), zeigte sich den Fernsehleuten gegenüber von seiner besten Seite. Wahrscheinlich kam es ihm so vor, als träte er unter die Schirmherrschaft einer mächtigen Institution, die allein durch ihre Anwesenheit die Bedeutung des bevorstehenden Ereignisses garantierte und das Geld für den Virtuosen in eine vernünftige Anlage verwandelte. Wer wollte die Wichtigkeit dessen bezweifeln, was das Fernsehen durch eine Aufnahme auszeichnet?

Auch die Fernsehleute waren sehr höflich zu Meyer-Nimmfür. Sie sagten, sie hätten schon lange geplant, die kulturelle Aktivität auf seinem Schloß zu filmen, da sie doch bestrebt seien, alles aufzunehmen, was sich in kultureller Hinsicht positiv herausbilde. Und heute habe sich ein günstiger Termin dafür ergeben.

Sie filmten Meyer-Nimmfür vor seinem Schloß, wobei sie sich auf seine Bitte hin bemühten, nur die restaurierten Teile ins Bild zu bekommen. Vom Schnaps, den man ihnen anbot, tranken sie so viel, daß Meyer-Nimmfür den tiefen Pegelstand in der Flasche mit einem besorgten Blick registrierte.

Die gute Laune, die mit den Fernsehleuten eingezogen war, hielt leider nicht an. Inzwischen war es dunkel geworden. Fast lautlos fuhr ein großer altmodischer Wagen vor, dessen Armaturenbrett in violettem Licht leuchtete. Polinsky stieg aus und sah sich prüfend um.
Plötzlich erfaßte ein Scheinwerfer den Künstler, und man hörte das Surren einer Kamera. Mit einem Sprung ins Dunkel rettete sich Polinsky vor diesem Anschlag. „Abschalten!" brüllte er.
Schrecken wie nach einem Attentat breitete sich aus. Alle Lichter erloschen. Der verwundete Meister verlangte mit leiser Stimme den sofortigen Abzug der Fernsehleute. „Ich wünsche gedämpftes Licht", sagte er, „und Stille, absolute Stille."
Vergeblich versuchte Meyer-Nimmfür, indem er Stockhammer als Vermittler einsetzte, den Künstler dazu zu bewegen, wenigstens eine kurze Aufnahme zu gestatten. Polinsky sagte, er sei nicht in ein einsames Schloß gekommen, um auch hier mit dem Lärm der Zivilisation konfrontiert zu werden. Die Musik Scarlattis komme aus der Abgeschiedenheit, aus der Stille. Sie sei gänzlich unvereinbar mit der Sensationshascherei einer verrotteten Gesellschaft.

Auf dem Gesicht Meyer-Nimmfürs konnte man lesen, wie schwer es ihm wurde, sich zu beherrschen. Was ging ihn die Stille, die Abgeschiedenheit, was ging Scarlatti ihn an? Ein Scarlatti ohne Fernsehen erschien ihm reizlos.
Trotzdem konnte er nicht umhin, einen Mann zu bewundern, der sozusagen über das Fernsehen hinausgelangt war bis zu einem Punkt, wo er es nicht mehr nötig hatte. Er erkannte ein Kriterium des Ruhms: Die Tatsache, daß man das Fernsehen brüskiert, muß wirksamer sein als das Fernsehen selbst.

Zahl und Bedeutung der Zuhörer, die an diesem Abend erschienen, trösteten den Schloßherrn einigermaßen über das Verschwinden des Fernsehwagens hinweg. Es zeigten sich teurere Autos, bessere Anzüge, gewandtere Bewegungen und hübschere Frauen als bei den vorangegangenen Veranstaltungen. Zum ersten Mal spürte Meyer-Nimmfür einen Hauch von jener gehobenen Atmosphäre der Kultur, die er für sein Schloß ersehnte.
Wenn schon nicht das Fernsehen, so war doch die Presse mit ihrer ersten Garnitur vertreten. Unter den Gästen sah man den bekannten Chefredakteur Dietrich, und das wurde allgemein bemerkt, denn dieser Chefredakteur begab sich

niemals an einen x-beliebigen Ort. Wenn er sich zeigte, so setzte er gleichsam einen Akzent, der von den anderen sofort registriert wurde. Sein Kommen verwandelte sich immer in eine bedeutsame Anwesenheit, wie auch seine Abwesenheit bei gewissen Anlässen demonstrativen Charakter trug. Und weil er auch niemals eine x-beliebige Veranstaltung rezensierte, so lieferte allein schon die Tatsache, *daß* er über eine Sache schrieb, einen Beweis für ihren Rang. Ein Artikel Dietrichs zeigte an, daß sich gleichsam das künstlerische oder moralische Feingefühl der Zeitung selbst erhob und sich auf eine höchst differenzierte Weise aussprach.

Aus den oberen Stockwerken des Schlosses mußten Sessel heruntergetragen werden, um für alle Zuhörer Sitzplätze zu schaffen. Im überfüllten Saal spürte man die Erwartung eines ungewöhnlichen Ereignisses. Dies alles, dachte Nihal, kann Scarlatti bewirken, wenn er entsprechend interpretiert wird.

Polinsky trat mit einigen schnellen Schritten auf das Podium, huschte gleichsam hinauf, und stand plötzlich still, den Beifall mit leichter Verachtung quittierend, so als wollte er sagen: Dieser Lärm ist zwar gut gemeint, aber doch ziemlich vulgär; ich mache das Zugeständnis, ihn entgegenzunehmen.

Schließlich hob er leicht die Hand und dämpfte mit einer Geste den ausklingenden Applaus. Es entstand tiefe Stille.
Da Polinsky sich nicht ans Cembalo setzte, erwartete man einführende Worte. Die aber kamen nicht. Polinsky blicke schweigend ins Publikum.
Nach und nach breitete sich Peinlichkeit unter den Zuhörern aus. Die Stille wurde durch kleine Geräusche gestört, die zunehmende psychische Labilität verrieten. Schließlich gab jemand im Hintergrund, höflich und genau artikuliert, das Stichwort: „Scarlatti!"
Jetzt öffneten sich die Lippen Polinskys, als hätte ihm jemand einen Essigschwamm gereicht, und er sagte mit einer Stimme, die sich kaum über ein Flüstern erhob: „Können Sie denn überhaupt zwischen Alessandro und Domenico unterscheiden?"
„Lauter! Lauter!" riefen einige Zuhörer.
„Ich frage den Herrn, der Scarlatti gerufen hat, ob er zwischen Alessandro und Domenico unterscheiden kann?"
Der Herr antwortete nicht. Selten sind die Kühnsten diejenigen, die auch das Wissen besitzen. Einige, die offenbar etwas wußten, sprachen durcheinander, doch in der allgemeinen Verwirrung verstand man nur so viel,

daß es offenbar zwei Scarlattis gab, Alessandro und Domenico: für den Kultursekretär eine böse Überraschung!

„Spielen! Spielen!“ rief jemand.

Einige klatschten.

Der Lärm dieses Beifalls, der nicht ihm galt, verärgerte Polinsky. „Lärm machen! Spielen! Spielen!“ rief er, „Ich bin ein Affe, der spielt.“

Es folgte eine Art Ansprache, die aber bei der geringen rhetorischen Begabung Polinskys nur ein seltsames Gemisch aus abgehackten Sätzen ergab:

„Wenn Sie wüßten, wie ich es satt habe. Die Ignoranz. Scarlatti spielte vor Maria Barbara, der Königin. Die Bände in Saffian-Leder: Haben Sie sich je über die Venezianischen Manuskripte gebeugt? In den späten Sonaten Domenicos ersteht das Spanien des Settecento. Von der barbarischen Kraft bis zur Verfeinerung. Zigeunermusik, Kastagnetten, Gitarren – und dann die Versenkung, das Geisterhafte, Spirituelle.“

Polinsky sprach vom Irrsinn der Konzerte, die er vor amorphen Massen absolvieren müsse, vor Tauben, denen ein Gerümpel barbarischer Geräusche die Ohren verstopfe. Durch Yoga-Übungen suche er sich zu stärken. Es sei unmöglich, sinnlos, ja ein Verrat an sich selbst und

an seiner Zuhörerschaft, diese Art des Konzertbetriebs weiterhin zu praktizieren. Er bitte deshalb um Besinnung, um drei Minuten Meditation.
„Wenn Sie mir drei Minuten Stille schenken, absolute innere Stille, dann werde ich wissen, ob Sie mich verstanden haben, dann werde ich spielen."
Einige Zuhörer blickten auf die Uhr. Polinsky hatte sich dem Cembalo zugewandt, als wolle er andeuten, daß dieses Instrument erreichbar sei, aber, wie eine verzauberte Prinzessin, nur nach schwieriger Prüfung.
Im Publikum, das zunächst, berührt vom Ton Polinskys, der trotz seiner Überspanntheit etwas Zutreffendes auszudrücken schien, Ruhe bewahrte, manifestierten sich nach und nach, mit zunehmender Insistenz, die Geräusche des Unbehagens, bis schließlich ein leises Lachen erklang.
Polinsky hob die Hände an die Ohren und sagte gequält: „Nein! Nein! Nein!"
Nun aber stand Meyer-Nimmfür, der zu lange gegen seine stärksten Instinkte gekämpft hatte, auf. In seiner Stimme lag etwas vom Eifer eines Glaubenkämpfers, der sich ein für allemal dazu entschlossen hat, das Recht auf seiner Seite zu finden. Er machte Polinsky darauf aufmerksam,

daß man ihn, und zwar für ein angemessenes Honorar, zum Spielen engagiert habe. Die Art, in der Meyer-Nimmfür das Wort *angemessen* betonte, verletzte die Sensibilität Polinskys so sehr, daß er den Schloßherrn anbrüllte: „Ich pfeife auf Ihr Geld!"

Beim Wort *Geld* erblickte Nihal, in einer plötzlichen Vision, ein verschlossenes Kuvert, das bereits früher seine Phantasie beschäftigt hatte. Er wußte genau, wo es lag: Ein zugeklebter Umschlag, der das Honorar Polinskys enthielt, fünfzigtausend Schilling, auf Verlangen des Künstlers in bar.

Unter der starken Führung Meyer-Nimmfürs, der durch eine Lästerung beleidigt worden war, wandte sich indessen der aufrechte Teil des Publikums gegen Polinsky. Im Wirrwarr von Beschimpfungen und Ordnungsrufen (Störenfriede und Ordner sind füreinander geschaffen) verschwand Nihal unbemerkt aus dem Saal.

Im Zimmer nebenan schlitzte er, während der Wortstreit um Moral und Gerechtigkeit gedämpft herübertönte, den Briefumschlag auf, nahm etwa die Hälfte der Banknoten an sich, eilte die Treppe zu seiner Kammer hinauf, stopfte die wichtigsten Utensilien in seinen Seesack und ließ das übrige liegen.

„Venedig", sprach er laut zu sich selbst,

„Schlafwagen erster Klasse. – Er pfeift auf sein Geld.“

Kurz danach saß er auf seinem Rad.

Als er einen dunklen Seitenweg erreicht hatte, blieb er stehen und horchte zum Schloß zurück. Er hörte lautes Stimmengewirr, Zuschlagen von Autotüren und zorniges Gasgeben. Scheinwerfer blitzten durch die Bäume. Die Luft war erstaunlich warm, der Himmel sternenklar. Er griff in seine Rocktasche, um sich von der Anwesenheit des Geldes zu überzeugen. Dann stieg er wieder auf und fuhr auf Umwegen in Richtung Bahnhof.

Bei meiner Rückkehr, dachte er, wird man mich vielleicht verhaften. Ein kleiner Aufenthalt im Gefängnis kann nicht schaden. Warum soll einer, der in Wohnblöcken übernachtet hat, nicht auch im Gefängnis übernachten? Dann ist eine Vorstrafe da, der Doktortitel aberkannt und damit die Lebensgefahr einer Karriere für immer gebannt.

IM KRISTALLBLOCK

Er war eingeschlossen in einen Kristallblock, der sich schaukelnd bewegte.
Er wußte: Du darfst nur Auge sein, nur körperloses Schauen, sonst überkommt dich die Panik, die jedem droht, der kein Glied mehr bewegen kann, weil alle umschlossen sind, fugenlos, von kompakter Materie. Nur keine Zehen- oder Fingerspitzen bewegen wollen, sonst breitet sich von dorther die Panik aus!

Er dachte: Ich werde getragen. Das sind schaukelnde Bewegungen, wie sie entstehen, wenn man von vier Männern auf einer Bahre getragen wird.
Auf einer Bahre? Wer sind die vier Männer, die sie tragen? Haben sie Uniformen an?
Es ist furchtbar, von vier Uniformierten getragen zu werden.

Wer im Kristallblock eingeschlossen ist, das Gesicht, das er nicht wenden kann, nach oben gedreht, wird niemals erkennen, von wem er getragen wird.
Er konnte nur die Augen rollen, nur nach oben und schräg zur Seite hin blicken.
Der Kristall war von wunderbarer Transparenz.
Nach oben hin ging der Blick zu einem Nachthimmel von nie gesehener Klarheit.
Hatte die Erde ihre Atmosphäre eingebüßt? Viel-

leicht war der Kristall, der ihn umgab, ein Schutz gegen das Vakuum, das draußen herrschte.
Das Vakuum ist das Element des reinen, unbehinderten Schauens.
Er sah Sternbilder ganz ungewohnter Form: Sie zeigten Regelmäßigkeiten, wie sie sonst nur entstehen, wenn die Mikrostruktur der Materie sich ins Große fortsetzt.
Gab es denn Kristallgitter, aus Sternen gebildet, kristallisierte Sternmaterie?

Plötzlich zog eine Flugmaschine über ihn hin: Ein fremdartiges Gebilde, ohne Flügel, mit bizarren Formen, deren Zweck nicht zu erraten war.
Er dachte: Ich bin nicht mehr auf der Erde.
Da aber zeigte sich eine zweite Flugmaschine in Gestalt eines großen Clowns. Sie war bemalt mit einem karierten Farbmuster, das ein Meister entworfen hatte.
Langsam zog der Clown über ihn weg, lautlos, mit vollendeter Leichtigkeit, dann nahm er plötzlich Fahrt auf und verschwand.

Nun bemerkte er, daß er durch eine Stadt getragen wurde. Der Kristall, der ihn einschloß, schien zu leuchten. Links und rechts ragten uralte, halb verwitterte Baumstämme auf, zwischen denen Rohre herabführten. An den Enden der Rohre hingen vertrocknete Exkremente.

Die Holzstämme trugen Häuser.
Und mit einem Mal erkannte er: Ich werde durch Venedig getragen. Doch Venedig ist ausgetrocknet. Man trägt mich über den Boden eines Kanals.
Venedig ist eine vertrocknete Mumie: Unten, in den Kanälen, bräunlich-schwarz, oben, an den Häusergerippen, silbrig glänzend.
Und er erinnerte sich: Das Mittelmeer ist ein sterbender Ozean, Italien ein Fortsatz Afrikas, der sich gegen Europa schiebt und die Alpen auffaltet. Als Mumie wurde Venedig zur Bergregion hinaufgetragen.

Nun ging es offenbar durch die Lagune, deren trockener Boden sich manchmal zeigte, wenn der Block sich, durch die unregelmäßigen Bewegungen der Träger, nach vorne oder nach der Seite hin neigte.
Dann erschien eine Insel.
Sie ruhte auf Pfählen, zwischen denen es weißlich schimmerte: ein merkwürdiges Füllmaterial.
Als er näher kam, merkte er: Das sind Knochen. Und die Insel hieß San Michele.

Da machte er eine gewaltsame Anstrengung, sich aufzurichten. Die einzige Wirkung war, daß der Kristall sich trübte. Dunkle, wolkenartige Schlieren zogen in ihm auf. Der Kristall färbte sich schwarz.

DIE GROSSE SANIERUNG

Im Frühling besuchte Stockhammer als Neugieriger noch einmal das Schloß. Als Architekt war er längst entlassen.

Er hielt sich in einiger Entfernung und blickte, wie ein feindlicher Späher, durch Bäume und Sträucher, die gerade Knospen ansetzten, zu dem verschalten Gebäude hinüber, neben dem ein gelber Kran aufragte.

Eine uralte Linde lag, in dicke Rollen zerschnitten, auf dem Boden.

Verbesserung der Aussicht, dachte Stockhammer, Aufhellung, Aufklärung.

Der Garten lag verwüstet vor ihm, von tiefen Räderspuren durchkreuzt, übersät mit Geräten und Materialien. Der Boden zitterte im Getöse der Baumaschinen.

Später wird man Planierraupen einsetzen, sagte sich Stockhammer, den Garten mit einer Humusschicht belegen und ihn neu bepflanzen. Schöne kurzgeschnittene Grasflächen werden entstehen, Reihen von Büschen und Ziersträuchern.

Wo der verschilfte Teich gewesen war, befand sich ein rechteckiges, ausgebaggertes Loch: Vorstufe eines Schwimmbeckens, das, gefüllt

mit bläulichem Chlorwasser, den Stechmücken keine Nistplätze mehr bieten würde.
Auch Menschen wie Nihal würden niemals mehr hier nisten. Stockhammer dachte an das Wort *Säuberung*.

Wird nicht Meyer-Nimmfür selbst das letzte Opfer dieser Säuberung sein, die er hier vorbereitet? Dann nämlich, dachte Stockhammer, wird man das Schloß in ein *Heim* verwandeln, in ein Asyl für abgearbeitete Menschen oder für Pensionisten. Von weiß gekleideten Pflegerinnen betreut, werden sie als vage Gestalten in den Fenstern oder auf den Parkwegen erscheinen, mit ihren Spazierstöcken tastend, hinfällig neben dem kräftigen Motor eines Rasenmähers.
Dann erst, dachte er, ist das Schloß endgültig saniert.

Stockhammer winkte noch einmal zum Lynkeus-Turm hinauf, der aus dem Baugerüst aufragte, wandte sich ab und verschwand zwischen den Bäumen.

INHALT

RESIDENZ VERLAG SALZBURG

GERHARD AMANSHAUSER

GRENZEN

Aufzeichnungen

Das 19. Jahrhundert, die Kirche, Nationalsozialismus, Wissenschaft, Kunst und Gesellschaft, das sind die Themenkreise, mit denen Gerhard Amanshauser sich in seinem neuen Buch beschäftigt. Im Wechsel von Erzählung und Reflexion berichtet er von entscheidenden Eindrücken seiner Kindheit und Jugend und denkt über die Erfahrungen und Bilder nach, die sich damals in ihm festgesetzt haben. Es sind Daten der Entwicklung eines einzelnen, zugleich aber ist es auch eine Beschreibung unserer täglichen Umgebung.
Poe, Baudelaire, Nietzsche und Trakl nennt Amanshauser als jene Autoren, die ihn vor Jahren die Faszination der Poesie und des Denkens gelehrt haben. Sie alle waren Außenseiter, und so ist es nicht verwunderlich, wenn auch Amanshauser kein Hehl daraus macht, daß seine Gedanken nicht unbedingt die der Mehrheit sind. Eine solche Position macht naturgemäß allergisch gegen den Ballast der Geschichte ebenso wie gegen falschen Fortschrittsglauben; sie verweist aber auch darauf, daß selbständiges Denken nur als persönliches (wenn auch nicht privates) Gültigkeit beanspruchen kann.

Erzählungen

Manfred Bieler:
Der junge Roth
969

Ingeborg Bachmann:
Das dreißigste Jahr
344
Simultan
1031

Hermann Kant:
Ein bißchen Südsee
679

Siegfried Lenz:
Das Feuerschiff
336

Alexander Solschenizyn:
Zwischenfall auf dem Bahnhof Kretschetowka
857
Ein Tag im Leben des Iwan Denissowitsch
751

Christa Wolf:
Der geteilte Himmel
915